마음에 힘이 되는
러시아 문호들의 명언
600

체호프
톨스토이
도스토옙스키

박선경 편역

玄 人

마음에 힘이 되는
러시아 문호들의 명언
600

체호프
톨스토이
도스토옙스키

애무로 빼앗을 수 없는 것은
엄격함으로도 빼앗을 수 없다. — 체호프

진솔한 태도는 꽤 여러 가지 불행을
제거해주는 법입니다. — 도스토옙스키

삶은 끊임없는 기쁨일 수 있으며,
또한 그렇게 되어야만 한다. — 톨스토이

목 차

어떤 한 사람 옆에 있으면 다른 사람의 존재 따위 전혀 문제되
지 않는 경우가 있다. 그것이 바로 사랑이라는 것이다.

— 투르게네프

제1장

사랑 · 행복에 대하여

도스토옙스키

사랑은 모든 것을 속죄하고 모든 것을 구원한다.

(카라마조프 형제)

사랑은 한없이 존귀한 보물이어서, 그것으로 전 세계를 살 수도 있고 또 자신의 죄는 물론 타인의 죄까지도 속죄할 수 있다.

(카라마조프 형제)

애정이란 행위에 의해서 실증되는 것이다. 단지 애정이 있다는 것만으로는 부족하다.

(학대받은 사람들)

애정으로 가득한 마음에는 슬픔도 또한 많은 법이다.

(작은 영웅)

톨스토이

사랑은 논의할 수 있을 만한 성질의 것이 아니다. 사랑에 관한 논의는 전부 사랑을 파괴한다.

(인생론)

사랑한다는 것은, 일반적으로 좋은 일을 해야겠다고 바라는 마음을 의미한다.

(인생론)

미래의 사랑이란 존재하지 않는다. 사랑은 오직 현재에서만 활동한다.

(인생론)

지금 사랑을 표현하지 않는 사람은 사랑을 가지고 있지 않은 사람이다.

(인생론)

체호프

　머리는 명석하게, 마음은 깨끗하게, 몸은 청결해야만 한다[1].

(수첩)

　아름다움은 기분 좋고, 만족을 주는 데에만 도움을 준다. 어째서인지 그것 없이는 그냥 넘어가는 법이 없다. 아름다움에서 만족이 아닌 진실이나 지식을 추구하는 자는 환상에 속는 것처럼 매수당하고, 속고, 방황하게 된다. 경솔하게도 내가 아직 아름다움에서 사고를 배우려 하던 때, 아름다움은 나를 취하게 했고 눈멀게 만들었다. 예를 들자면 『파우스트』를 읽을 때 나는 마르가리테가 자신의 아이를 죽였다는 사실을 깨닫지 못했으며, 바이런의 『카인』 속에서는 카인과 악마조차도 내게는 한없이 친밀한 것이었다.

(편지)

도스토옙스키

사랑은 인간을 평등하게 한다.

(백치)

완전함이라는 것은 사랑할 수 있는 것이 아니다. 완전이라는 것은 단지 완전한 것으로 바라볼 수밖에 없는 것이다.

(백치)

타인에 대해서 더욱 다정하고, 더욱 마음을 쓰고, 더욱 애정을 가져야 합니다. 타인을 위해서 자신을 잊으면, 그 사람들도 당신을 기억해줍니다. 자신을 살리고 타인까지도 살아가도록 하는 것, 그것이 저의 신조입니다! 인내하라, 일하라, 기도하라, 그리고 언제나 희망을 품어라. 이것이 제가 전 인류에게 단번에 불어넣기를 바라고 있는 진리입니다!

(스체판치코보 마을과 그 주민)

톨스토이

세상에서 가치가 있는 것은 사랑뿐이다.

(산송장)

참된 사랑은 동물적 개인의 행복을 버렸을 때 비로소 가능해진다.

(인생론)

사랑이란 자신—즉, 동물적 개인—보다도 타인의 존재를 우선하는 것이다.

(인생론)

참된 사랑은 삶 그 자체다. 오직 사랑하는 자만이 살아 있는 것이다.

(인생론)

체호프

우리는 늘 사랑에 대해서 이야기하고 읽고 있지만, 정작 우리 자신이 사랑하는 경우는 드물다.

(수첩)

미(美), 재능, 고상하고 아름답고 예술적인 것. 이것은 모두 사랑해야 할 것이기는 하지만 조건적인 것으로 논리적인 정의에는 따르지 않는다. 이들로부터 영원한 법칙은 무엇 하나 발견해낼 수 없다.

(편지)

사랑하는 데서 오는 행복, 사랑받는 데서 오는 행복은 그 얼마나 커다란 것일까요. 그리고 이 (사랑의) 높은 탑 위에서 떨어지기 시작했다는 사실을 느낀다는 것은 그 얼마나 무시무시한 일일까요?

(나의 생활)

도스토옙스키

배려하는 마음이야말로 무엇보다도 중요한, 그리고 아마도 전 인류에게 있어서 유일한 생활의 규범일 것이다.

(백치)

민중의 신뢰를 얻고(특히 이 감옥 속에 있는 사람들과 같은 민중의 신뢰를 얻고), 그들의 사랑을 얻는 것만큼 어려운 일도 세상에는 없을 것이다.

(죽음의 집의 기록)

인류는 설령 영혼의 불멸을 믿지 않는다 할지라도 선행을 위해 살아가는 힘을 자기 자신 속에서 발견하는 법이야! 자유에 대한, 평등에 대한, 우호에 대한 사랑 속에서 그것을 찾아내는 법이야······.

(카라마조프 형제)

톨스토이

사랑은 이성의 귀결이 아니다. 또한 일정한 활동의 결과도 아니다. 그것은 환희에 넘치는 생명의 활동 그 자체다.

(인생론)

사랑이란 다른 존재를 자아, 혹은 동물적 자아보다도 좋은 것이라고 보는 취향이다.

(인생론)

아내에 대한 사랑, 자식에 대한 사랑, 그것은 결코 인간의 사랑이 아니다. 동물도 똑같이, 아니 더욱 강하게 그들을 사랑한다. 인간의 사랑, 그것은 신의 자식으로서의, 따라서 형제로서의 인간에 대한, 모든 인간에 대한 사랑이다.

(말하지 않을 수 없다)

체호프

애무로 빼앗을 수 없는 것은 엄격함으로도 빼앗을 수 없다.

(수첩)

아름다운 여자의 모습이 내 눈앞에서 어른거릴수록 나의 슬픔은 더욱 깊어만 갔다. 나는 나 자신도, 소녀도, 그리고 그 소녀가 겉겨에서 피어오르는 먼지 속을 뚫고 마차 쪽으로 달려갈 때마다 언제나 슬픈 시선으로 그녀를 바라보는 소러시아인도 모두 가엾다는 생각이 들었다. 소녀의 아름다움에 대한 질투심이 있어서였을까? 아니면 그 소녀가 내 것이 아니라는 사실, 결코 내 것이 되지 않을 것이라는 사실, 그녀의 뛰어난 아름다움도 우연한 것으로, 필요 없는 것으로, 지상의 모든 것과 마찬가지로 영원한 것이 아니라는 사실이 안타까워서였을까? 그것도 아니라면, 내 슬픔은 혹시 참된 아름다움을 목격했을 때 인간에게서 일어나는 특별한 감정 때문이었을까? 아, 모르겠다!

(미녀)

도스토옙스키

천사란 사람을 미워할 수 없으며, 또 사람을 사랑하지 않을 수 없는 존재입니다. 하지만 모든 사람을, 모든 인간을, 모든 주위 사람을 사랑하는 것이 과연 가능한 일일까요? 물론 그것은 불가능한 일로, 부자연스럽다고 해도 좋을 정도입니다. 추상적으로 인류를 사랑한다는 것은 거의 예외 없이 자신만을 사랑한다는 것에 다름없는 법입니다.

(백치)

장로님도 역시 사람의 얼굴이란 아직 사랑의 경험이 많지 않은 사람들에게 있어서는 종종 사랑의 장애물이 되는 법이라고 말씀하셨습니다. 그야 어찌 됐든 인간성 속에는 틀림없이 여러 가지 사랑이 포함되어 있습니다. 그리스도의 사랑과 거의 맞먹는 것까지도 있습니다.

(카라마조프 형제)

톨스토이

친한 친구를 방문하는 것이라면 천 리 길도 멀지 않다.

(전쟁과 평화)

친구를 위해서 자신의 생명을 희생하는 사랑, 그것 이외에 사랑은 없다. 사랑은 그것이 자기희생인 경우에만 비로소 사랑이라 불릴 수 있는 것이다.

(인생론)

사람이 타인을 위해서, 단지 자신의 시간이나 힘을 바칠 뿐만 아니라 사랑하는 사람을 위해서 자신의 육체를 희생하고 그 사람을 위해서 생명을 바칠 때 우리 모두는 오직 그것만을 사랑이라 인정하고 오직 그러한 사랑에서만 행복을 발견하고 사랑의 보수를 발견하는 것이다.

(인생론)

체호프

사랑할 필요가 있습니다. 우리는 모두 사랑을 받아야만 합니다. 그렇지 않습니까? 사랑이 없다면 생활은 없을 것입니다. 사랑을 두려워하고 피하는 자는 자유롭지 못한 것입니다.

(나의 생활)

사랑. 어쩌면 그것은 무엇인가가 퇴화한 것의 찌꺼기로 예전에는 커다란 것이었던 무엇인가의 잔재이거나, 혹은 미래에 무엇인가 커다란 것으로 발전할 것이지만 지금은 만족을 주지 못하는 것의 일부이자 기대했던 것보다 훨씬 더 작은 것밖에는 부여하지 못하는 것.

(수첩)

도스토옙스키

어떻게 자기 주변에 있는 사람들을 사랑할 수 있는지, 나는 그것을 도무지 이해할 수가 없어. 내 생각으로는, 바로 주변에 있는 사람이기 때문에 사랑할 수 없는 것이고, 사랑할 수 있는 것은 멀리 있는 사람뿐이야. 나는 언젠가 어떤 책에서 「은혜로운 요안」의 이야기를 읽은 적이 있어(그런 이름의 성자야). 그런데 굶주림과 추위에 시달리던 한 나그네가 찾아와서 모쪼록 몸을 녹일 수 있게 해달라고 청했을 때, 이 성자는 그 나그네와 같은 침상에 누워 그를 안고, 어떤 끔찍한 병 때문에 썩기 시작해서 지독한 악취가 나는 입에 숨결을 불어넣기 시작했다고 해. 하지만 그 성자가 그런 행동을 한 것은 한때의 발작적 감격 때문이다, 가짜 감격 때문이다, 의무에 의해서 명령된 사랑 때문이다, 자신에게 지워진 죄를 갚기 위한 고행 때문이라고 나는 믿어 의심치 않아. 한 사람을 사랑하기 위해서는 아무래도 그 상대가 모습을 감추고 있어야 할 필요가 있어. 그 사람이 조금이라도 얼굴을 내미는 순간, 사랑 따위는 당장에 어딘가로 날아가 버리고 말아.

(카라마조프 형제)

톨스토이

모든 인간은 자신을 생각하는 마음뿐만 아니라, 사랑에 의해서 살아가고 있는 사람들의 마음에 사랑이 있다는 사실에 의해서 살아가고 있는 것이다.

(사람은 무엇으로 사는가)

아이를 기르는 어머니는 아이의 먹을 것으로써 직접 자신을, 그 육체를 바치는 것이다. 그것 없이 아이는 자랄 수 없다. 그리고 그것이 사랑이라는 것이다. 이처럼 자기, 즉 자신의 육체를 타인의 양식으로 바치는 것은 타인의 행복을 위해서 노동으로 그 육체를 소모하여 시시각각으로 자신을 죽음에 다가가게 하는 모든 노동자다. 이와 같은 사랑은 오직 자기희생의 가능성과 그가 사랑하는 존재 사이에 그 희생을 방해하는 어떤 장애도 가지고 있지 않은 인간에 의해서만 가능한 것이다. 자신의 아이를 유모에게 맡기는 어머니는 자신의 아이를 사랑할 수 없다. 손에 넣은 금전을 쌓아 두는 사람은 인간을 사랑할 수 없다.

(인생론)

체호프

누구에게 밝혀야 좋을까요? 누구에게 호소하면 좋을까요? 누구와 함께 기뻐하면 좋을까요? 인간은 누군가를 깊이 사랑하고 있어야만 합니다.

(세 자매)

사랑은 선이다. 실제로 어떤 시대에서나 거의 대부분의 문화적 국민들에게 있어서, 넓은 의미에서의 사랑과 아내에 대한 남편의 사랑이 똑같은 사랑으로 불리고 있다는 것은 다 그럴 만한 이유가 있기 때문이다. 만약 사랑이 때때로 엄격하고 파괴적이라고 한다면 그 원인은 사랑 자체에 있는 것이 아니라 사람들 간의 불평등에 있는 것이다.

(수첩)

도스토옙스키

  인간의 죄를 두려워해서는 안 됩니다. 죄가 있는 그대로의 인간을 사랑해야 합니다. 왜냐하면 이는 이미 신의 사랑과 가까운 것으로 이 지상에서의 가장 높은 사랑이기 때문입니다. …… 모든 것을 사랑하면 모든 것 속에서 신의 비밀을 발견할 수 있을 것입니다. …… 그리고 머지않아 이번에는 완전하고 보편적인 사랑으로 전 세계를 사랑하게 될 것임에 틀림없습니다. …….

  우리는 어떤 종류의 생각에 대해서, 특히 사람들의 죄를 보았을 때, 종종 망설임을 느끼게 되는 법입니다. 그리고 '힘으로 사로잡아야 하는가, 아니면 부드러운 사랑으로 사로잡아야 하는가?'라고 자신의 가슴에 묻게 됩니다. 하지만 그럴 때는 언제나 '부드러운 사랑으로 사로잡자.'고 결정해야 합니다. 일단 그렇게 하기로 마음이 굳어지면 전 세계를 정복할 수도 있을 것입니다. 사랑의 마음으로 넘쳐나는 부드러움이야말로 무시무시한 힘입니다. 그것은 모든 힘 가운데서도 가장 강해서 거기에 필적할 만한 힘은 아무것도 없습니다. …….

  사랑은 교사입니다. 하지만 이것을 몸에 잘 익혀둘 필요가 있습니다. ……. 필요한 것은 순간적인 우연한 사랑이 아니라, 영원히 사랑하는 것이기 때문입니다. 순간적인 우연한 사랑은 누구에게나 가능합니다. 악인에게도 가능하지 않습니까?

(카라마조프 형제)

톨스토이

　이론상으로 사랑은 일종의 이상적인, 고상한 것이라 여겨지고 있지만, 실제로는 입에 담기조차도, 생각하기조차도 더럽고 수치스러운, 혐오스럽고 저열한 것에 지나지 않는다. 자연이 그것을 더럽고 수치스럽게 만든 것도 결코 우연은 아니다. 더럽고 수치스러운 것이라면 그대로 해결해야 하지 않을까? 그럼에도 불구하고 사람들은 정반대로 이 더럽고 수치스러운 것을 매우 아름답고 고상한 것처럼 꾸미고 있다.

(크로이체르 소나타)

　인간 속에 있는 것은 무엇인가, 인간에게 부여되지 않은 것은 무엇인가, 인간은 무엇으로 사는가? 인간 속에 있는 것은 사랑이다. 인간에게 부여되지 않은 것은 자신의 육체를 위해서 없어서는 안 될 것이 무엇인가를 아는 힘이다. 인간은 사랑의 힘에 의해서 살아가는 것이다.

(사람은 무엇으로 사는가)

체호프

완전하게 순결한 것을 사랑하는 것은, 에고이즘이다. 자신 속에 없는 것을 여성 속에서 추구하는 것은, 사랑이 아니라 숭배다. 왜냐하면 자신과 동등한 것을 사랑해야 하기 때문에.

(수첩)

분별력과 공정함이 내게 이야기하는 바에 의하면, 인간에 대한 사랑은 동정(童貞)이나 육식의 금지(를 말하는 설교)보다는 전기나 수증기 속에 더욱 커다란 것이 있다.

(스보린2) 앞으로 보낸 편지)

---

2) 1834~1912. 신문 『신시대』사의 사주.

도스토옙스키

어쨌든 실행적인 사랑이라는 것은 공상적인 사랑에 비하면, 매우 잔혹하고 끔찍한 것입니다. 공상적인 사랑은 빠르게 만족할 수 있는 성급한 성공을 갈망하고, 모든 사람들에게 주목받기를 기대하는 법입니다. 이렇게 되면 그야말로 시간이 그다지 오래 걸리지 않고 마치 무대 위에서처럼 그것을 가능한 한 빨리 성취할 수 있고 모두의 주목을 받아 모두에게 칭찬을 받을 수 있기만 하다면, 목숨을 던져도 상관없다고까지 생각하게 됩니다. 그러나 실행적인 사랑은 그야말로 노동과 인내입니다. 아니, 심지어 어떤 사람에게는 어쩌면 훌륭한 학문일지도 모릅니다. 하지만 여기서 미리 말해두겠는데 당신이 아무리 노력해도 목적에는 조금도 다가가지 못할 뿐만 아니라, 오히려 목적에서 멀어지는 것 같다는 느낌이 들어 섬뜩함으로 그 사실을 직시하는 그 순간, 바로 그 순간에야말로 당신은 홀연 그 목적에 도달할 수 있는 것입니다. …… 그리고 당신을 언제나 사랑하고 계시며, 언제나 은밀하게 인도해주시는 신의 기적적인 힘을 당신 위에서 분명하게 볼 수 있게 되는 것입니다.

(카라마조프 형제)

톨스토이

증오는 언제나 무력함에서 태어난다.

(인생의 길)

사랑과 증오 모두 동물적 감정으로, 단지 그것이 양극단에 자리하고 있는 것일 뿐이다.

(크로이체르 소나타)

격렬하게 사랑할 줄 아는 사람만이 격렬한 슬픔을 맛볼 수 있다. 하지만 역시 사랑에 대한 욕구가 슬픔의 해독제가 되어 곧 그 사람들을 치유해준다. 따라서 인간의 정신적인 본성이 육체적인 본성보다 생명력에 넘쳐 난다. 인간이 슬픔 때문에 죽는 일은 결코 없는 것이다.

(유년 시절)

체호프

행복은 있지만 그것을 찾아낼 지혜가 없는 것이다.

(행복)

인간 영혼의 평안과 행복은 인간 속에 있는 것이지 바깥
에 있는 것이 아니다.

(6호실)

나는 그다지 욕심쟁이가 아니다. 내게는 이 짧고 소소하
지만 멋진 생활이면 충분하다.

(편지)

인생과 철학은 일치하지 않는다. 여유가 없으면 행복을
얻을 수 없다. 불필요한 것만이 만족을 가져다준다.

(수첩)

도스토옙스키

행복한 사람은 언제나 선량하다.

(미성년)

행복은 덕행 속에 포함되어 있는 법이다.

(스체판치코보 마을과 그 주민)

사람에게는 행복 외에도, 그것과 완전히 똑같은 정도의 불행이 언제나 필요하다.

(악령)

사람이란 행복을 위해서 만들어진 것으로 정말 행복한 사람은 '나는 이 세상에서 신의 규율을 지켰다.'고 스스로에게 분명히 말할 자격이 있습니다. 마음이 올바른 자는 전부, 성자라 불리는 자는 전부, 순교자는 전부, 한 사람도 남김없이 행복한 사람들이었던 것입니다.

(카라마조프 형제)

톨스토이

행복은 인간을 이기주의자로 만든다.

(산송장)

행복은 오직 하나밖에 없다. 그리고 행복한 사람은 동시에 늘 옳은 법이다.

(코사크)

신의 존재를 믿는 것, 인간의 모든 행복이 거기에 담겨 있다.

(산송장)

육체적인 고통은 인간의 생활과 행복에 없어서는 안 될 조건이다.

(인생의 길)

체호프

이 행복은 매우 자연스럽고 처음과 끝이 한결같고 논리적으로 옳은 것이다. 인간은 자기 행복의 창조자라고 믿고 있다. 그리고 나는 지금, 내 자신이 만들어낸 것을 손에 넣으려는 것이다.

(문학교사)

인간의 행복에 대해서 생각할 때면 무슨 이유에서인지 늘 쓸쓸함이 스며들곤 했다. 지금도 행복한 인간을 보면 나는 절망과도 같은 답답함에 사로잡히고 만다.

(구즈베리)

매일매일, 아침부터 밤까지 계속되는 행복은 내게는 견딜 수 없는 것입니다. 매일 똑같은 말을 똑같은 어조로 들어야 한다면 나는 미쳐버릴 것입니다.

(스보린 앞)

도스토옙스키

방을 잠글 필요가 없는 사람은 행복한 사람이다.

(죄와 벌)

아아, 행복한 사람이란 경우에 따라서는 얼마나 견디기 힘든 존재인지!

(백야)

그건 그렇고 기쁨과 행복은 사람을 얼마나 아름답게 만들어주는지! 얼마나 사랑으로 가슴을 들끓게 해주는지! 자신의 마음속에 있는 것을 그대로 다른 사람의 마음으로 옮길 수 있다면 좋겠나고 생각한다. 모든 것을 즐겨라, 기쁨에 미소로 반짝여라, 하는 마음이 든다. 그리고 그 기쁨은 얼마나 감염되기 쉬운 것인지!

(백야)

톨스토이

악에 대해서 악으로 보답하는 것은 행복을 잃는 길이다.
악에 대해서 사랑으로 보답하는 것은 행복을 얻는 길이다.

(인생의 길)

인간에게 있어서 최고의 행복은 한해의 끝에 있는 자신을, 그 한해의 시작에 있었던 자신보다도 훨씬 더 나아졌다고 느끼는 것이다.

(위대한 인생)

행복은 외부의 원인에 의해서 좌우되는 것이 아니라 그에 대한 인간의 태도에 의해서 결정되는 것이다. 예를 들어서 고통을 참는 것에 익숙해진 사람은 결코 불행해질 수 없다!

(소년 시절)

체호프

　인생의 행복과 기쁨은 돈에 있지 않으며, 사랑에 있지도 않고 진실에 있다. 만약 동물적인 행복을 바란다면 인생은 너에게 취함도 행복도 부여하지 않을 것이다. 오히려 때때로 일격을 가해 너를 멍하게 만들 것이다.

(수첩)

　자신에게 어울리는 곳에 있다는 느낌을 얻지 못하는 한, 사람은 행복해질 수 없으며 만족도 할 수 없는 법입니다. 저는 저만의 영역을 가지고 있지 못해요. 이런 말씀을 드리는 것은 여러분들이 외관만으로 판단하지 말았으면 좋겠다는 생각 때문이에요. 사람이 좋은 옷을 입고 있고 재산을 가지고 있다고 해도, 그것만으로는 그 사람이 자신의 생활에 만족하고 있다는 사실을 의미하는 것은 아니에요.

(새로운 별장)

도스토옙스키

좋은 시절이란 하늘에서 내려오는 것이 아니라, 우리들이 자신의 손으로 만들어내는 것입니다. 그건 우리들의 마음속에 있는 것입니다. 저는 어째서 언제나 행복하고, 고난의 생활을 계속하고 있음에도 불구하고 언제나 만족하고, 정신은 평온하고, 누구에게도 미움을 받지 않을 수 있는 걸까요?

(스체판치코보 마을과 그 주민)

한편에는 이렇게 훌륭한 사람이 가난의 밑바닥에 있는데, 다른 한편에는 부르지도 않은 행복이 스스로 찾아오는 사람이 있다니, 이건 대체 어떻게 된 일일까요? 어떤 사람은 아직 어머니의 뱃속에 있을 때 운명의 까마귀가 행운을 알려주는데, 또 어떤 사람은 양육원에서 이 세상의 첫 번째 발걸음을 내딛어야 하다니, 이건 대체 어째서일까요?

(가난한 사람들)

톨스토이

  만약 당신이 영원한 행복을 바라는 마음으로 신을 섬긴다면 그것은 자신을 섬기는 것이지 신을 섬기는 것이 아니다.

(인생의 길)

  인간의 생활을 좋게 하는 것, 행복하게 하는 것은 개인적으로나 사회적으로나 오직 내적인 도덕적 완성에 의해서만 가능하다. 이것이 인간 생활의 법칙이다.

(인생의 길)

  육체적인 행복은 그것을 다른 사람으로부터 빼앗음으로 해서 비로소 얻을 수 있는 것이다. 하지만 영적인 행복, 즉 사랑의 행복은 우리가 타인의 행복을 더할 때 비로소 얻을 수 있는 것이다.

(인생의 길)

체호프

가만히 생각해보면 틀림없이 알 수 있을 것이다. 우리의 마음을 어지럽히는 외적인 것은 하나같이 모두 하찮기 짝이 없는 것이다. 인생을 이해하는 것이 중요하다. 바로 거기에만이 참된 행복이 있는 것이다.

(6호실)

노인과 사니카는 각각 다른 방향으로 흩어져 양 떼의 끝에 가 섰다. 두 사람 모두 기둥처럼 가만히 움직이지 않고 지면을 바라보며 생각에 잠긴 채 서 있었다.

노인은 행복에 대해서 생각하기를 멈추지 않았다. 사니카도 밤에 나눴던 이야기에 대해서 생각하고 있기는 했다. 그러나 그의 흥미를 끈 것은 행복 그 자체가 아니라 행복에 대한 인간들의 공상이나 동화와 같은 연상들이 가져다주는 재미였다. 그에게 있어서 행복은 그다지 필요한 것도 아니었으며, 심지어는 이해할 수 없는 것이기까지 했다.

(행복)

도스토옙스키

물어보기 바란다. 그들 모두, 백 명이면 백 명 모두가 행복은 과연 어디에 있는가에 대해서 어떻게 생각하고 있는지, 그냥 물어보기 바란다. 오오, 의심할 필요도 없이 콜럼버스가 행복했던 것은 결코 아메리카를 발견했을 때가 아니라, 사실은 아메리카를 발견하기 직전이었을 것이다. 의심할 필요도 없이 그가 행복의 절정에 달한 순간은 아마도 신세계를 발견하기 정확히 3일 전이었을 것이다. 반란을 일으킨 승무원이 절망한 나머지 하마터면 배를 되돌려 유럽으로 향하려 했던 때였을 것임에 틀림없다! 이러한 경우 문제는 신세계 따위에 있지 않다. 그러한 것은 함몰해버리든지 말든지 문제가 아니다. 콜럼버스는 신세계를 거의 보지 못했으며, 실제로 그가 발견한 것이 무엇인지도 모르는 채 죽어버렸다. 문제는 삶의 방식에 있는 것이다. 오로지 삶의 방식 하나에 있는 것이다. 끊임없이, 영원히 계속되는 그 발견의 과정에 있는 것이지, 발견 그 자체에 있는 것은 결코 아니다!

(백치)

톨스토이

동물적인 행복을 버리는 것, 그것이 인간 생활의 법칙이다.

(인생론)

욕망이 적으면 적을수록 인생은 행복해진다. 이것은 오래 됐지만 모든 사람들이 전혀 인정하지 않는 진리다.

(인생의 길)

동물에게 있어서 자신의 행복을 목적으로 하지 않는 행동, 즉 자기 자신의 행복에 정면으로 대립하는 행동은 다시 말하자면 자신의 삶을 부정하는 것이다. 그러나 인간의 경우는 그와 정반대다. 자기 행복의 획득만을 목적으로 하는 행동은 인간의 삶에 대한 완전한 부정이다.

(인생론)

체호프

고아였다는 사실도, 불행했던 소년 시절도, 우울했던 청년 시절, 전부 투쟁이었다. 내가 행복으로 가기 위해 개척한 길이었다.

(문학교사)

얼마 전에 저는 프랑스의 한 장관이 옥중에서 쓴 일기를 읽었습니다. 그 사람은 파나마 운하회사와 관련된 일 때문에 유죄판결을 받았습니다. 장관이었을 때는 쳐다보지도 않았던 새를, 감옥의 창을 통해서 자세히 바라봤다는 사실을 더할 나위 없이 기쁜 마음으로 적어 놓았습니다. 그러나 감옥에서 나온 지금은 분명 전과 다름없이 새 같은 건 쳐다보지도 않을 겁니다. 그와 마찬가지로 당신도 역시 모스크바에서 살게 되면, 모스크바 같은 건 그리 특별할 것도 없는 곳이 되어 버리고 말 겁니다. 지금 우리는 행복을 가지고 있지 않으며 앞으로도 갖지 못할 겁니다. 우리는 그저 현재, 그것을 간절히 기다리고 있을 뿐입니다.

(세 자매)

도스토옙스키

불행은 결코 혼자서는 오지 않는 법이다.

(아저씨의 꿈)

    돈을 갚아주면, 오히려 그녀를 불행하게 만들지도 모르겠다고 저는 판단했던 겁니다. 그렇게 하면 저 때문에 완전히 불행해져서, 그 일 때문에 평생 저를 저주하는 즐거움을 빼앗는 셈이 되어버리니까요. 자, 아시겠습니까? 이러한 종류의 불행에는 오히려 자신을 어디까지나 정직하고 관대한 사람으로 보고, 자신을 모욕한 상대방을 비열한 사람이라고 부를 완전한 권리를 갖고 있다는 최고의 도취감마저 있는 법입니다. 말할 필요도 없이 분노에서 오는 이러한 도취는 실러적 성격을 가진 사람에게서 종종 볼 수 있는 것입니다.

(학대받은 사람들)

톨스토이

우리의 인생에 있어서 의심할 여지도 없는 단 하나의
행복은 타인을 위해서 사는 것이다.

(가정의 행복)

개인적 생존의 행복을 불가능하게 하는 것은 무엇일까?
그 첫 번째는 서로 개인적 행복을 추구하는 생물들의 투쟁
이다. 두 번째는 생명의 낭비와 포만과 고통으로 인도하는
쾌락의 기만이며, 세 번째는 죽음이다.

(인생론)

집안 형편이 좋을 때는 언제나 그런 법이지만, 이 새로운
집에는 방이 딱 하나 부족한 것 같다는 느낌이 들었다. 그리
고 새로운 수입도 역시 언제나처럼 아주 조금, 500루블
정도 부족할 뿐이었다.

(이반 일리치의 죽음)

체호프

저는 사람들로부터 사랑을 받아왔습니다. 행복은 가까이에 있었습니다. 행복과 어깨를 나란히 하며 살고 있다는 생각이 들었습니다. 저는 자신을 이해하기 위해 노력하지 않고, 제가 인생으로부터 무엇을 기대하고 무엇을 바라고 있는지도 모르는 채로 속편하게 살아가고 있었습니다. 그러는 동안에도 시간은 쉬지 않고 흘러갔습니다. …… 사람들은 사랑을 품은 채 제 곁을 지나갔으며, 맑은 날의 낮과 따뜻한 밤이 눈앞으로 지나갔고, 휘파람새는 노래하고, 마른 풀은 향기를 내뿜었습니다. 그러한 모든 것을 떠올려 보면, 무릇 다정한 것이나 놀라운 것은 누구에게나 그런 것처럼, 제 경우에도 눈 깜빡할 사이에, 흔적도 없이, 충분히 맛볼 사이도 없이 안개처럼 사라져 버렸습니다. …… 그것은 전부 어디로 가버린 것일까요?

(어떤 부인의 말)

도스토옙스키

사람이 불행한 것은 자신이 행복하다는 사실을 알지 못하기 때문이다. 이유는 단지 그것뿐이다.

(악령)

절망 속에도 낙인처럼 강렬한 쾌감이 있는 법이다. 특히 자신이 처하게 된 역경을 뼈저리게 의식하는 순간은 더더욱 그렇다.

(지하생활자의 수기)

불행은 전염병과 같은 것입니다. 따라서 불행한 사람이나 가난한 사람들은 더 이상 그런 병에 감염되지 않도록 서로를 피해야만 합니다.

(가난한 사람들)

톨스토이

    게다가 인간은, 그 자신의 행복을 달성하기 위해 끊임없이 노력하면서도 그 행복이 다른 존재에 의해서 좌우되는 것이라는 사실을 인정하지 않을 수 없는 것이다.

(인생론)

    대부분의 현대인들이, 인생의 행복은 육체에 대한 봉사에 있다고 생각하고 있다. 이 사실은, 현대에 있어서 가장 광범위하게 퍼져 있는 가르침이 사회주의자의 가르침이라는 점을 봐도 알 수 있다. 그 가르침은 조그만 욕망밖에 가지지 않는 생활은 가축의 생활이며, 여러 가지 욕망의 증대야말로 문화인의 가장 커다란 특징이라고 말하고 있다. 인간으로서의 가치를 자각했다는 증거라고 말하는 것이다. 현대인들은 이 잘못된 가르침을 굳게 믿고 있으며, 그 결과 여러 가지 욕망의 감축에 인간의 행복이 있다고 본 현인들을 냉소하게 되었다.

(인생의 길)

체호프

우리의 일은 오로지 공부하는 것뿐입니다. 가능한 한 많은 지식을 흡수하고 모으기 위해 노력하는 것입니다. 왜냐하면 중요한 사회적 흐름은 지식 속에 있으며, 미래 인류의 행복도 지식 속에만 있기 때문입니다.

(나의 생활)

농민들과 평화롭게 생활하고 있습니다. 단 한 번도, 그무엇도 도둑맞지 않았습니다. 제가 마을을 걸을 때면 할머니들이 미소 지으며 성호를 그어 줍니다. 저는 아이들을 제외한 모든 사람들을 '당신'이라고 부르며, 한 번도 큰소리를 낸 적이 없습니다. 우리를 친밀한 관계로 만들어 준 가장 커다란 요인은, 의료입니다.

(아빌로바3) 앞)

---

3) 1865~1942. 여성작가. 체호프를 둘러싼 여자들 중에서도 특히 중요한 위치를 차지하는 여자. 체호프가 세상을 뜬 지 40년 만에 『내 생애에 있어서의 체호프』라는 회상적 로망을 발표, 체호프와의 사이에 연애관계가 있었음을 주장했다.

도스토옙스키

진솔한 태도는 꽤 여러 가지 불행을 제거해주는 법입니다.

(학대받은 사람들)

우리는 자신이 불행할 때 타인의 불행을 더욱 강하게 느끼는 법이다. 감정이 깨지지 않고 오히려 집중하게 된다.

(백야)

자신이 불행의 늪에 빠져 있을 때 친한 친구로부터 그건 네가 이런 잘못을 저질렀기 때문이라는 지적을 받는 것만큼 견디기 힘든 일도 없다.

(악령)

가까운 사람의 불행은 그것이 어떤 것이라 할지라도 그것을 보는 사람의 눈을 즐겁게 해주는 어떤 요소를 다소나마 가지고 있는 법이다.

(악령)

톨스토이

자신만 좋으면 된다는 인생은 한 동작, 한 호흡마다 고뇌
· 불행 · 죽음 · 멸망을 향해서 끊임없이 돌진해가는 것이
다.

(인생론)

인간이 행복해지기 위해서는 오직 하나, 사랑하는 것,
그것도 자신을 희생해서 사랑하고, 모든 인간과 모든 것에
애정을 쏟아 붓고, 사방팔방에 사랑의 그물을 펼쳐 놓아
거기에 걸려든 것을 구제하는 것이 필요하다.

(코사크)

개인의 행복에 대한 추구가 곧 인생이라는 관점에 서서
이 세계를 봤을 때, 인간은 서로를 멸망시키는 인간들 간의
비이성적 투쟁만을 이 세계에서 보아 왔다. 그러나 타인의
행복을 바라는 것이 인생이라고 인정한다면 인간은 전혀
다른 것을 이 세계에서 볼 수 있을 것이다.

(인생론)

체호프

미래의 세대들이 행복해지는 것은 바람직한 일이지만 그들의 조상들이 무엇 때문에 살았으며 무엇 때문에 괴로워했는지를 스스로에게 물어봐야만 한다.

(수첩)

한없는 만족감에 넘쳐서 행복을 느끼는 사람들 집의 문 앞에는 조그만 망치를 들려 누군가를 세워 둘 필요가 있다. 그리고 끊임없이, 이 세상에는 불행한 사람들도 있다, 네가 아무리 행복하다 할지라도 언젠가는 인생이 너에게 그 발톱을 드러내 보일 것이며, 재난이 —예를 들자면 병이나 가난이나 상실과 같은 것이 찾아와, 네가 지금 다른 불행한 사람들을 둘러보려 하지 않는 것처럼, 그들의 말에 귀를 기울이려 하지 않는 것처럼 네 쪽은 돌아보지도 않고, 네 말은 들으려 하지도 않게 될 것이라고, 그 조그만 망치를 두드려 끊임없이 상기시킬 필요가 있다.

(구즈베리)

도스토옙스키

나는 여기서 한 걸음 더 나아가 분명히 단언하고 공언하기를 주저하지 않겠는데, 인류 전체에 대한 사랑이라는 것은, 관념으로 이것을 보자면 인간의 지혜로는 가장 이해하기 힘든 관념 가운데 하나다. 그러나 어디까지나 관념으로 봤을 때다. 이 사랑을 시인할 수 있는 것은 오로지 감정뿐이다. 그러나 그 감정도 인간의 영혼은 불멸이라는 신념과 공존할 경우에만 가능한 감정이다.

(작가의 일기)

실제로 인간이라는 놈들은 더할 나위 없이 친한 자신의 친구가 자신의 눈앞에서 굽실굽실하는 것 보기를 좋아하는 법입니다. 우정이라는 것은 대부분 굴욕 위에 구축되는 것이니까요. 그런데 이건 현명한 사람이라면 누구나 알고 있는 오래 된 진리입니다.

(도박사)

톨스토이

보다 좋은 것은 좋은 것의 적이다. 불행은 거기에 있다.

(가정의 행복)

인류의 불행 중 대부분은 죄 깊은 인간들이 자신들의 손에 복수의 권리가 있다고 제멋대로 생각하여 '복수는 내게 있으며 나 이것으로 보답하리라.'고 공언하는 데에서 발생하는 것이다.

(인생의 길)

인간의 모든 생활은 육체와 정신의 싸움이다. 따라서 이 싸움에서 육체의 편이 아니라, 언젠가는 반드시 정복당하고 말 육체의 편이 아니라 정신의 편을 드는 자는, 그것은 어쩌면 생애의 마지막 한순간이 될지도 모르지만, 어쨌든 언젠가는 반드시 승리를 거둘 것이다. 정신의 편을 드는 자야말로 행복한 사람이다.

(인생의 길)

체호프

만약 천 년 뒤에 인간이 행복해진다면, 거기에는 내 힘도 조금은 작용할 것이라는 생각이 든다.

(큰아버지 바냐)

Z가 의사에게로 간다. Z의 말을 들은 뒤 의사는 심장 질환을 발견해낸다. Z는 생활양식을 단번에 바꾸고, 스트로판츠스친키를 복용하고, 병에 대해서만 이야기하게 된다. 마을의 모든 사람들이 그가 심장병에 걸렸다는 사실을 알게 된다. 그가 종종 찾아가는 의사들도 그의 심장병을 확인한다. 그는 결혼도 하지 않고, 좋아하는 연극도 보지 않고, 술도 마시지 않고, 간신히 숨을 쉬듯 하고, 조용히 걸어간다. 11년 후에 모스크바로 나가 교수에게 진찰을 받는다. 그 사람은 건강하기 짝이 없는 심장을 발견한다. Z는 기쁘기는 했지만 더 이상 무료해서 견딜 수가 없었다. 의사들을 원망하기는 했지만 단지 그것뿐이었다.

(수첩)

도스토옙스키

📖

"알겠는가?"라고 한번은 그가 말했다. ……. "알겠는가? 현재 있는 그대로의 모습의 인간을 사랑하는 것은 거의 불가능한 일이야. 하지만 역시 사랑하지 않으면 안 돼. 그렇기 때문에 억지로 힘을 내서 코를 막고, 눈을 감은 채(이건 절대로 필요해), 그들에게 선을 행하는 거야. 그들의 악을 가만히 참고 견디며, '너도 역시 인간이라는 사실을 잊지 말고' 가능한 한 그들에게 화를 내지 않도록 해야 돼. ……. 인간이란 선천적으로 저속한 법이어서, 공포심 때문에 사랑하기를 좋아하는 법이야. 결코 그런 애정에 져서는 안 돼. 그리고 경멸하기를 잊어서는 안 돼. 코란의 어딘가에서 알라신은 예언자에게 '고집스러운 자'는 그를 쥐처럼 보고, 그들에게 선을 베푼 뒤 그 옆으로 지나가라고 명령했어. 약간 오만한 감은 있지만 참으로 지당한 말이야. 그들이 선량할 때에조차 그들을 경멸하기를 잊어서는 안 돼. 왜냐하면 그러한 때야말로 인간은 가장 추악한 법이기 때문이야. 알겠는가? 나는 진심으로 이렇게 말하고 있는 거야! ……. 자신의 이웃을 사랑하고, 또 그를 경멸하지 않는다는 것, 그건 애초부터 불가능한 일이야. 내가 보기에 인간은 자신의 이웃을 사랑할 수 없도록, 생리적으로 틀림없이 그렇게 만들어져 있어. 여기에는 애초부터, 언어상의 어떤 오류가 있는 거야. '인류에 대한 사랑'이라는 말도 네가 스스로 자신의 마음속에서 만들어낸 인류에 대한 사랑이라는 식으로 해석할 필요가 있어(다시 말해서 자기 자신을 창조했기에 자기 자신에 대한 사랑이 되는 셈이야). 따라서 사실 그런 것은 절대로 존재하지 않는 거야."

"절대로 존재하지 않는 것일까요?"

"그래, 이건 조금 어리석은 말이라는 점에 대해서는 나도 이견이 없어. 하지만 그렇게 말했다고 해서 그건 특별히 내 죄가 아니야. 어쨌든 우주를 창조할 때 나와는 아무런 상의도 없었으니까 말이야. 따라서 그 점에 대해서는 내 의견을 가질 권리를 나는 보류해두겠어."

(미성년)

톨스토이

불행한 사람은 자신을 동정해주는 사람의 얼굴 보기를 좋아하는 사람이며, 자신의 고통을 이야기하여 상대로부터 사랑과 동정의 말 듣기를 좋아하는 사람이다.

(12월의 세바스토폴리)

대체로 인간은 오직 자신의 생활을 좋은 것으로 만들기 위해서만, 자신의 행복을 위해서만 살아간다. 자신의 행복에 대한 희구를 느끼지 못할 때 인간은 자신을 살아 있는 존재라고는 느끼지 못하게 되는 것이다. 인간은 자신의 행복에 대한 바람 없이 인생을 생각할 수가 없다. 각각의 사람들에게 있어서 살아간다는 것은 다시 말하자면 행복을 바라는 것, 행복을 손에 넣는 것에 다름 아니다. 행복을 바라는 것, 행복을 손에 넣는 것은 다시 말하자면 살아간다는 것에 다름 아니다.

(인생론)

체호프

    어쨌든 모든 집과 거리가 정숙함과 평안함에 잠겨 있었다. 이 마을에 살고 있는 5만 명 중에 커다란 소리로 외치거나 시끄럽게 분개해 보이는 자는 단 한 사람도 없었다. 우리는 식량을 사러 시장으로 가서 낮에는 먹고 밤에는 잠을 자는 사람들을 보았으며, 하찮은 일로 다투고, 결혼하고, 노력하고, 사람이 죽으면 경건하게 묘지로 장송하는 사람들을 보았다. 하지만 그것에 대해 고민하고 있는 사람들은 볼 수도 없었고 그런 사람이 있다는 말도 듣지 못했다. 인생에서의 무시무시한 일은 어딘가 약국 뒤에서나 일어나고 있는 모양이다. …… 모든 것이 고요하고 차분하기 짝이 없다. 여기에 저항하고 있는 것은 아무런 말도 없는 통계의 숫자뿐이다. 몇 명이 미쳐나갔는지, 술이 얼마나 팔렸는지, 몇 명의 아이들이 영양실조로 죽었는지 하는 통계들뿐이다.

    아무래도 이와 같은 질서가 필요한 것인 듯하다. 행복한 사람이 우쭐한 기분으로 있는 것은, 오로지 불행한 사람이 무거운 짐을 말없이 짊어지고 있기 때문인 듯해서, 그 침묵이 없다면 행복은 불가능한 것일지도 모른다.

(구즈베리)

도스토옙스키

감정은 절대적인 것이다. 그 가운데서도 질투는 이 세상에서 가장 절대적인 감정이다.

(영원한 남편)

이 세상에는 기묘한 우정이 존재한다. 서로를 잡아먹을 듯하면서도 갈라서지 못해 평생을 그대로 살아가고 있는 사람들이 있다.

(악령)

세상에는 친구면서도, 뒤에서는 좋지 않은 말로 헐뜯고 사실과 반대가 되는 말을 퍼뜨리는 자가 있다. 이것은 오로지 질투심과 선망의 마음에서 나오는 것이다.

(이중인격)

톨스토이

　구체적인 해결에 대한 요구를 가진 채로 선과 악, 사실, 상상 및 모순이 영원히 동요하고 있는 무한한 대양에 던져진 인간이야말로 실로 불행하고 가엾은 존재가 아니겠는가?

(루체른)

　인간의 생활은 행복에 대한 희구(希求)다. 다시 말하자면 행복에 대한 희구가 인간의 생활이다. 따라서 인생은 인간적인 행복에 대한 희구이자, 인간적인 행복에 대한 희구가 곧 인생이다. 그리고 대중, 사색적인 생활과 관계없는 사람들은, 인간의 행복은 동물적인 자아의 행복에 있는 것이라고 해석하고 있다.

(인생론)

체호프

가령 2, 3백 년이 지났다고 합시다. 그때가 되면 지금 우리가 보내고 있는 생활도 역시 공포와 조소의 대상이 되어버리고 말 것입니다. 지금의 모든 것들이 거칠고, 답답하고, 아주 불편하고, 이상한 것으로 보일 것입니다. 아, 그때는 멋진 생활을 보내고 있을 겁니다.

(세 자매)

2백 년이나 3백 년, 아니 앞으로 천 년만 지나면―그 기간은 아무런 문제도 아니지만― 새롭고 행복한 생활이 틀림없이 시작될 거야. 물론 그 새로운 생활에 참가할 수는 없지만, 우리는 지금 그것을 위해서 살아 있고, 일하고 있고, 괴로워하고 있는 거야. 즉, 그것을 만들어 가고 있는 것이니 오직 거기에만 우리의 생존 목적, 그리고 우리의 행복이 있는 걸지도 몰라.

(세 자매)

도스토옙스키

……저는 결코 새로운 것을 말하고 있는 게 아닙니다. 하지만 문제는 이런 말이 너무나도 자신을 과신하고 있는 것처럼 들릴지도 모른다는 점입니다. '이런 우리에게 그런 말을 하는 건가? 거지와 다를 바 없는 우리에게? 우리의 이 불쾌한 국토에 그런 운명이 주어져 있다고 말하는 건가? 인류의 문제에 대해서 우리에게 새로운 말을 입에 담을 사명이 주어져 있다고 말하는 건가?' 라고 혹 사람들은 말할지도 모르겠습니다. 하지만 어떨까요? 저는 경제적인 면에서의 영광에 대한 말을 하고 있는 것일까요? 검이나 과학에 대한 영광의 말을 하고 있는 것일까요? 저는 단지 인간의 동포애에 대해서 말하고 있는 것에 지나지 않습니다. 전 세계적인, 전 인류의 동포적 결합이라는 목적을 위해서는 아마도 세계의 모든 민족 가운데 러시아인의 마음이 가장 적합할지도 모르겠다, 저는 그 자취를 러시아의 역사 속에서, 우리나라의 뛰어난 사람들 속에서, 푸시킨의 예술적 천재 속에서 볼 수 있다고 말하고 있는 것일 뿐입니다. 설령 우리나라의 국토는 빈약한 것이라 할지라도, 그러나 그 빈약한 국토를 '그리스도는 노예의 모습으로 몸을 바꾸

어, 축복을 내리시며 편력'하지 않으셨습니까? 어찌 우리들이 그 마지막 말을 가슴에 품고 있지 않다고 단언할 수 있겠습니까? 무엇보다 그런 그리스도조차 말구유 속에서 태어나지 않으셨습니까?

(강연 중에서)

톨스토이

불행이란 황금을 시험하는 불에 지나지 않는다.

(빛이 있는 동안 빛 속을 걸어라)

　행복이란 타인을 위해서 살아가는 것이다. 그것은 너무나도 명료한 사실이다. 인간에게는 행복에 대한 욕구가 주어져 있다. 그렇다면 이 욕구는 정당한 것이다. 그런데 이 욕구를 이기적으로 만족시키려 하면, 즉 자기 자신을 위해서 부나 명성이나 쾌적한 생활이나 애정을 추구하려 하면 그 희망이 만족되지 않는 국면으로 전개되어 버리는 경우도 있다. 그것은 결국 그 희망이 정당한 것이 아니었다는 것을 의미한다. 하지만 그렇다고 해서 행복에 대한 희구가 정당하지 않다는 것은 아니다. 그렇다면 언제나, 어떤 경우에나 외적인 조건과는 상관없이 늘 만족시켜도 좋을 욕구란 어떤 것일까? 그것은 어떤 종류의 욕구일까? 그렇다, 그것은 사랑이자 자기희생이다!

(코사크)

체호프

우리에게 행복 같은 건 없다, 있을 리도 없으며 앞으로도 없을 것이라는 사실을 네게 간신히 설명했어. 우리는 그저 최선을 다해서 일할 수밖에 없기 때문에 행복은 우리의 먼 자손들의 것이야. (사이) 내가 안 된다면 하다못해 내 손자, 그 손자의 손자라도 행복하게 해주고 싶어.

(세 자매)

시간이 흐르면 우리는 곧 이 세상에 영원한 작별을 고하고, 사람들은 우리를 잊고 말 것입니다. 우리의 얼굴과 목소리, 그리고 우리가 몇 명이었는지도 전부 잊고 말 것입니다. 그러나 우리의 고통은, 우리 뒤에 이 세상에 올 사람들의 기쁨이 될 것이며 행복과 평화가 이 세상에 찾아올 것입니다.

(세 자매)

도스토옙스키

　질투! '오셀로는 질투가 심한 사람이 아니다. 그는 타인을 쉽게 믿는 사람이다.'라고 푸시킨은 말했다. 이 말 하나만으로도 우리 위대한 시인의 심상치 않은 통찰력이 얼마나 깊은 것인지를 알 수 있다. 오셀로는 단지 마음이 어지러워져 그 모든 인생관을 흐리게 한 데 지나지 않은 것이다. 그도 그럴 것이 그의 이상이 무너져버렸기 때문이다. 그러나 오셀로는 모습을 숨기고 염탐을 하거나 훔쳐보기를 하지는 않는다. 그는 쉽게 믿어버리는 것이다. 아니, 쉽게 믿는 정도가 아니라, 그에게 상대방의 배신을 깨닫게 하기 위해서는 커다란 노력을 기울여 찌르기도 하고 밀기도 하고 기름을 붓기도 해야 한다. 그러나 참으로 질투가 심한 사람은 그렇지 않다. 참으로 질투가 심한 사람은 조금도 양심의 가책을 받지 않고 평범한 사람으로서는 도저히 상상할 수도 없을 정도의 온갖 오욕과 정신적 타락에 아무렇지도 않게 몸을 던지는 법이다. 그런데 그들이 전부 비열하고 추악한 정신을 가진 사람이라고는 말할 수 없다. 아니 오히려 고상한 감정을 가지고 있고, 깨끗한 사랑의 마음을 품고 있으며, 자기희생 정신으로 넘쳐나는 사람이 아무런 모순도 느끼지 않고 테이블 아래에 숨거나, 비열하기 짝이 없는 하수인을 매수하거나, 염탐이나 몰래 훔쳐듣는 등의 야비한 짓을 아무렇지도 않게 하는 법이다. 오셀로는 무슨 일이 있어도 배신을 견딜 수 없었던 것임에 틀림없다. 설령 그의 마음이 어린아이의 그것처럼 악의가 없고 죄의식이 없는 것이었다 할지라도, 용서하느냐 마느냐 하는 것과는 상관없이 인내하는 것만은 할 수 없었던 것임에 틀림없다. 그러나 참으로 질투가 심한 사람은 그렇지 않다. 어떤 부류의 질투심 강한 사람이 무엇을 용서하고, 무엇을 견디고, 무엇을 태연하게 눈감아줄 수 있는가 하는 문제는 상상조차 하기 어려울 정도다! 질투가 심한 사람은 누구보다도 먼저 상대방을 용서하는 법이다. 그리고 모든 여성들이 그 사실을 잘 알고 있다. 질투심이 강한 사람은 신기할 정도로 간단히(물론 앞서 섬뜩한 1막을 연기한 뒤이기는 하지만), 예를 들어서 증거가 거의 분명하게 드러나 있는 부정이나, 자신의 눈으로 확인한 포옹이나 입맞춤까지도 깨끗하게 용서할 수 있는 법이다. 단, 그것은 예를 들자면 그것이 '두 번 다시 되풀이되지 않을 경우'이거나, 그 경쟁자가 그 뒤로 모습을 감추어 세상의 끝으로 가버렸거나, 혹은 자신이 상대방 여자를 데리고 그 끔찍한 경쟁자가 두 번 다시는 모습을 드러낼 염려가 없는 어딘가 먼 곳으로 달아나버리거나 하는 등의 일이 자신에게도 분명하게 확인되었을 경우에 한한다. 물론 이와 같은 타협적인 마음이 일어나는 것은 극히 짧은 시간에 지나지 않는다. 왜냐하면 실제로 그 경쟁자가 사라졌다 할지라도 그는 그 다음 날부터 벌써 다른 새로운 경쟁자를 만들어내 새로운 경쟁자에게 질투심을 느끼기 시작할 것이기 때문이다. 이렇게 감시하지 않으면 안 되는 사랑에 무슨 즐거움이 있겠는가? 이렇게 열심히 지켜봐야 하는 사랑에 무슨 가치가 있을까? 주위 사람들에게는 이렇게 느껴진다. 하지만 참으로 질투심 강한 사람은 그것을 절대로 느끼지 못한다. 게다가 그런 사람들 가운데는 고상한 마음을 가진 사람도 있으니 참으로 신기하다. 여기서 더욱 주의를 해야 할 것은, 다름 아닌 고상한 마음을 가진 사람들이 어딘가의 작은 방에 숨어서 몰래 훔쳐듣거나 염탐을 할 때, 자신이 좋아서 발을 들여놓게 된 이 부끄러운 행위를 그 '고상한 마음에 의해서' 분명하게 이해하고 있으면서도, 적어도 그 작은 방에 서 있는 동안에는 결코 양심의 가책을 느끼지 못한다는 사실이다. 미차도 그루센카의 얼굴을 보자마자 질투심은 어딘가로 곧 사라져버리고 한순간에 사람을 쉽게 믿는 품위 있는 사내가 되어버려, 자신의 비열한 감정을 경멸했을 정도였다. 하지만 이것은 단지 이 여성에 대한 그의 애정 속에는 단순한 정욕이나 그가 알료샤에게 설명한 것 같은 '곡선미'뿐만 아니라 자신이 상상하고 있는 것보다 훨씬 더 고상한 어떤 감정이 포함되어 있다는 사실을 의미하는 것에 지나지 않았다. 그러나 그 대신, 그루센카의 모습이 보이지 않게 되면 미차는

바로 다시, 그녀가 비열하고 교활한 배신행위를 하고 있는
것이 아닐까 의심하기 시작했다. 그때 그는 양심의 가책
따위는 조금도 느끼지 않았다.

(카라마조프 형제)

톨스토이

자신을 사랑해서는 안 된다고들 말한다. 하지만 자신에 대한 사랑이 없다면 생도 없을 것이다. 문제는 자신의 무엇을 사랑하는가, 자신의 영을 사랑하는가, 자신의 육체를 사랑하는가다.

(위대한 인생)

만약 여러분이 인생에 있어서 주요한 사업이 사랑이라는 사실을 깨닫는다면 여러분은 사람들과 관계를 맺을 때 그 상대방이 어떤 점에서 자신에게 이익을 줄 수 있을까 하는 것이 아니라, 어떤 점에서 자신이 그 사람에게 이익을 줄 수 있을까를 생각하게 될 것임에 틀림없다. 어쨌든 그렇게 해보기 바란다. 그렇게 하면 여러분이 오직 자신에 대해서만 신경을 쓸 때보다 훨씬 더 커다란 성공을 거둘 수 있을 것이다.

(인생의 길)

체호프

우리의 부모님들은 이렇다 할 이야기도 나누지 않고 밤이면 깊이 잠들곤 했다. 그런데 우리, 지금 세대 사람들은 변변히 잠도 자지 않은 채 고민해보기도 하고, 이야기를 나눠보기도 하며 늘 자신들이 옳았는지, 옳지 않았는지를 결정하려 한다. 우리 아이들이나 손자들의 세대가 되면 이 문제, 즉 옳은지 그른지 하는 문제는 이미 해결되어버릴 것이다. 그들은 사물의 본질을 우리보다 더 잘 볼 수 있을 것이다. 앞으로 50년만 더 있으면 인생은 좋아질 것이다. 단, 우리가 그 때까지 오래 살지 못하는 것이 안타까울 뿐이다. 그런 세상을 내 눈으로 볼 수만 있다면 정말 재미있을 텐데.

(왕진 중에 생긴 일)

아니, 네게 좋은 일은 없을 거야. 결혼을 해보라고. 너는 청춘을 망치고 말 뿐이야.

— 푸시킨

제2장

연애와 결혼, 여성에 대하여

도스토옙스키

딸의 연애는, 어머니에게 있어서는 죽음이다.

(카라마조프 형제)

아아, 최고의 황홀함에 다다른 완전한 한때! 인간의 긴 일생과 비교해 봐도 이건 결코 부족함이 없는 순간이 아닌가!

(백야)

하지만 마음을 빼앗긴다는 건 사랑한다는 것과는 다른 거야. 마음을 빼앗기는 것뿐이라면 미워하면서도 그렇게 할 수 있어.

(카라마조프 형제)

톨스토이

연애란 지상의 것이 아니라 천상의 감정이다.

(전쟁과 평화)

사랑이 끝나는 곳에서 혐오가 시작된다.

(안나 카레니나)

준마는 그 낙인으로, 사랑하는 청년은 그 눈으로 그것을 알아볼 수 있다.

(안나 카레니나)

남녀 간의 애정에는 사랑의 감정이 정점에 달하는 한순간이 반드시 찾아오는 법이다. 그 순간의 애정에서는 의식적인 것도, 비판적인 것도 전부 모습을 감추며 육욕적인 감정조차 어딘가로 사라져버리는 법이다.

(부활)

체호프

연애를 할 때는 자신 속에서 부를 발견한다. 거기서는 얼마만큼의 다정함과 상냥함을 발견할 수 있을까? 이렇게까지 사랑할 수 있으리라고는 믿을 수 없을 정도.

(수첩)

연애에 빠져서 연애에 대해 생각할 때는, 일반적인 의미에서의 행복이나 불행, 죄나 미덕과 같은 것보다도 좀 더 고상하고 중요한 것에서부터 출발하지 않으면 안 된다.

(연애에 대해서)

이론의 여지가 없는 연애에 대한 진리는 오직 한 가지밖에 없다. '그것은 커다란 신비다.'라는 것이다. 이것 외에 사람들이 연애에 대해서 말하고 글로 쓴 것은 모두 문제를 해결한 것이 아니라 제기한 것에 지나지 않는다. 따라서 문제 자체는 아직도 해결되지 않은 상태다.

(연애에 대해서)

도스토옙스키

완전히 정욕의 포로가 되어버린 사람은, 나이를 먹은 후에 특히 더 그렇지만, 완전히 맹목적이 되어 바라는 것이 없으면서도 바라는 것이 있다고 착각하게 되는 법이다. 그리고 제아무리 뛰어난 사람이라도 분별력을 완전히 잃어 어리석은 어린아이처럼 행동하게 되는 법이다.

(백치)

학문이나 예술이나……, 예를 들어서 조각을 놓고 봐도 그렇습니다만……, 어쨌든 한마디로 말해서 그런 고상한 의도는 그야 물론, 틀림없이 나름대로의 매혹적인 일면을 가지고 있을 테지만, 그래도 그것은 결코 여성을 대신할 수 있는 것이 아닙니다. ……여성, 여성이야말로, 아시겠습니까? 당신을 인간으로 만들어줄 수 있습니다. 그러니까 여성의 도움을 빌리지 않고 그것을 바란다는 건 불가능한 일입니다. 불가능하고말고요. 네, 불, 가, 능, 한 일입니다.

(스체판치코보 마을과 그 주민)

톨스토이

가장 멋진 사랑은 스스로도 그것을 깨닫지 못하는 사랑
이다.

(산송장)

승부운이 강한 사람은 연애운이 약하다.

(전쟁과 평화)

사랑하는 소녀를 보는 것만큼 흐뭇하고 가슴 설레는 기
분을 맛보게 하는 것도 없다.

(전쟁과 평화)

이른바 남자들의 시적인, 극히 고상한 연애라는 감정은
결코 상대 여성의 정신적인 가치에 의해서 좌우되는 것이
아니라 접근한 육체나 머리 모양, 옷의 색깔이나 모양 등에
의해서 좌우되는 것이라는 사실을 모든 여성들이 잘 알고
있다.

(크로이체르 소나타)

체호프

내게는 아주 당연하게 일어난 우발적인 사랑의 마음이었던 것이, 그녀에게는 인생의 커다란 변혁이었다.

(횃불)

그 사람이 학자이자 유명한 사람이라고 해서 열을 올렸던 거야. 물론 그런 건 참된 사랑이 아니라 어설픈 감정에 지나지 않는 것이지만 그때는 진짜 사랑이라는 생각이 들었어.

(큰아버지 바냐)

대체 우리는 어떤 생을 보내게 되는 걸까? 우리, 어떻게 되는 거지? …… 소설을 읽어보면 진부한 이야기들만 적혀 있어서 전부 뻔한 이야기들인 것처럼 여겨지지만 막상 내가 사랑을 해보면 분명하게 알 수 있어. 누구도, 무엇 하나 알고 있지 못하다는 사실을. 사람은 각자, 자신의 일은 자신이 해결해야만 한다는 사실을.

(세 자매)

도스토옙스키

여자의 마음은 무엇이든 그대로 쉽게 믿어버리며, 변덕
스럽고, 또한 배덕적이다.

(카라마조프 형제)

여자의 머리장식은 액세서리 가운데서도 가장 중요한
것이다. 그것은 일종의 자기소개다.

(죄와 벌)

여자의 마음이란, 바다의 깊이와는 다르기 때문에 헤아
리려고만 하면 얼마든지 헤아릴 수 있다. 하지만 참으로
교활하고 고집스럽고, 또 거기에 불사신과도 같다! 즉, 그
마음에 든 것은 당장에 갖고 싶어 한다!

(여주인)

톨스토이

한 남자가 한 여자만을, 다른 것은 모두 잊고 오로지 사랑한다는 것은 이야기 속 세계에서라면 몰라도 이 현실 세계에서는 길어야 1년이 고작으로, 보통은 이삼 개월, 때로는 이삼 주, 이삼 일, 아니 두어 시간밖에 계속되는 않는 경우도 흔히 찾아볼 수 있다.

(크로이체르 소나타)

한 여성에 대한 절대적인 사랑은 그 전부터 존재했던 모든 사람들에 대한 사랑이 침해받지 않을 경우에만 비로소 태어나는 것이다. 만인에 대한 사랑을 기반으로 하지 않음에도 불구하고 그것 자체가 아름다운 것이라고 시인들에 의해 노래 불리고 있는 연애에는 사랑이라고 불릴 만한 권리가 없다. 그것은 동물적인 욕망이며, 종종 증오로 이행하는 것이다.

(빛이 있을 때 빛 속을 걸어라)

체호프

저는 그(파리에 있는 정부)를 사랑하고 있어요, 그건 틀림없는 사실이에요. 사랑하고 있어요, 사랑하고말고요. …… 그것은 제 목에 걸어 놓은 추와 같은 것으로, 그 길동무가 되어 저는 점점 빠져들어 가겠지만, 그래도 역시 그 추를 끊어버릴 수가 없고 그것 없이는 살아갈 수가 없어요.

(벚꽃 동산)

N은 여배우 방 문의 벨을 눌렀다. 그는 당황했고 심장은 뛰었으며, 결국에는 겁이 나서 도망쳤다. 심부름하는 아이가 문을 열어보니 아무도 없었다. 그는 다시 다가가서 벨을 눌렀다. 그리고 이번에도 들어설 결심이 서지 않았다. 결국 정원지기가 나왔고 목을 심하게 얻어맞았다.

(수첩)

도스토옙스키

여자는 누구나 각자 자신의 복장을 가지고 있어야 한다. 그런데 이 정도의 사실조차 결코 깨닫지 못하는 여자가 몇 천 명, 몇 만 명이나 있다.

(미성년)

무엇보다 그녀는 자신의 스타브로지나라는 성을, 설령 아무리 유명한 것이었다 할지라도 틀림없이 그의 성과 바꾸지는 않았을 것이다. 어쩌면 그녀에게 있었던 것은 여성의 무의식적 요구의 표출인, 참으로 여성다운 연기뿐이었을지도 모른다. 이는 어떤 종류의 특이한 여성들에게서는 매우 쉽게 찾아볼 수 있는 것이다. 하지만 나는 그렇다고 분명히 난언하고 있는 것은 아니다. 왜냐하면 여성의 마음이란 지금의 시대가 되어서도 여전히 밝혀내지 못한 심연이기 때문이다!

(악령)

톨스토이

일평생 한 여자만을 사랑한다는 것은 한 자루의 초가 평생 타오르는 것과 같은 것이다.

(크로이체르 소나타)

나는 젊은 남녀의 사랑에 대해서는 논하지 않겠다. 나는 그와 같은 달콤한 감정을 두려워한다. 그리고 불행하게도 오늘날까지 그런 종류의 사랑에서는 단 한 점의 진실의 불꽃조차도 볼 수가 없었다. 내가 본 것은 허위뿐이다. 성욕이나 부부관계나 금전이나 자기 자신을 속박하거나, 혹은 해방하려고 하는 욕망 등이 사랑의 감정 그 자체를 꽁꽁 묶어서 뭐가 뭔지 전혀 모를 것으로 만들어버리기 때문이다.

(청년 시절)

체호프

내 방에서 그녀는 아주 오래 전부터, 1년도 더 전에서부터 나를 사랑하고 있었다는 사실을 내게 털어놓았다. 그녀는 사랑을 맹세하고, 저를 데려가주세요, 라고 애원했다. 나는 그녀를 자꾸만 창가로 불러, 달빛 밑에서 그녀의 얼굴을 가만히 살펴보았다. 내게 그녀는 멋진 꿈처럼 생각됐다. 나는 그것이 현실임을 확인하기 위해서 서둘러 그녀를 힘껏 끌어안았다. 오랫동안 이런 환희를 맛본 적이 없었다. …… 하지만 그럼에도 불구하고 나는 멀리, 마음 깊은 곳에서 어떤 어색함과도 같은 것을 느꼈다. 나는 뭔지 모를 불안감을 느꼈다. 드미트리 페트로비치의 우정처럼 무언가 어색하고 마음을 답답하게 만드는 것이 있었다. 그것은 눈물과 맹세를 동반한, 크고 진지한 사랑이었다. 하지만 나는 눈물도, 맹세도, 미래에 대한 대화도, 그러니까 진지한 것은 아무 것도 없는 사랑이기를 바랐던 것이다. 이 달빛 가득한 밤이 우리의 생활 속에서, 그저 밝은 대기현상으로만 지나가 주기를 바랐던 것이다.

(공포)

도스토옙스키

여성이란 결코 진심으로 후회하지 않는 법이다.

(악령)

여자에게는 사랑 속에 모든 부활이 담겨 있다. 모든 파멸
로부터의 구원과 갱생이 숨겨져 있다.

(지하생활자의 수기)

설령 여자가 거기에 어떤 이유를 가져다붙인다 할지라도
여자의 일생은 전부 자신이 예속되어야 할 남성을 찾는
일, 즉 예속에 대한 갈망의 일생이다. 게다가 여기서 주의해
야 할 점은, 거기에는 하나의 예외도 없다는 사실이다.

(미성년)

톨스토이

　인간이 사랑을 하는 것이 대체 무슨 새로운 발견이라는 것인가? 나는 사랑하고 있다. 이런 말을 하는 순간 마치 무엇인가가 폭발한 것과 같은 기분에 사로잡힌다. 사랑한다고 말한 것만으로도 바로 뭔가 심상치 않은 현상이 일어나 대포가 일제히 불을 내뿜은 것과도 같다는 생각에 빠진다. 이 얼마나 한심한 일인가?

(결혼의 행복)

　사람은 완전한 것밖에 사랑할 수 없다. 그렇기 때문에 사랑을 하기 위해서는 불완전한 것을 완전한 것이라고 생각하거나 아니면 완전한 것, 즉 신을 사랑하거나 이 둘 중 어느 하나여야만 한다. 만약 불완전한 것을 완전한 것이라고 생각한다면 언젠가는 그 오류가 밝혀져서 사랑은 사라지고 말 것이다. 하지만 신에 대한, 완전한 것에 대한 사랑은 사라지지 않는다.

(인생의 길)

체호프

우리는 서로 사랑을 고백하지 않았다. 소극적으로 그것을 깊은 질투심과 함께 숨기고 있었다. 조용하고 쓸쓸한 사랑이 그녀의 남편과 아이, 그리고 내게 호의를 가지고 있는 이 집의 모든 생활에 파국을 가져다주었다니 나는 정말로 믿을 수가 없었다. 그건 그렇고 나는 대체 그녀를 어디로 데려가야 한단 말인가? 내게 흥미로운 생활이라도 있다면 얘기는 또 달라지지만. 가령 조국의 해방을 위해서 싸우고 있다거나, 혹은 내가 평범하지 않은 인간이라면 얘기는 달라진다. 그렇지 않다면 평범한 일상생활의 상태에서 다시 그와 같이 평범한 일상생활로 데려가게 될 것이다. 게다가 그녀 역시도 나를 불행하게 만드는 것이 두려워였겠지만 분별력을 발휘하여, 내가 내게 어울리는 아가씨와 결혼할 것을 바라고 있었으며 그런 얘기를 곧잘 하곤 했다. 그리고 그 뒤에 열차 안에서 그녀를 끌어안으면서 마음에 뜨거운 아픔을 느꼈고, 이런 우리의 판단이 그 얼마나 쓸데없고 하찮은 것인지를 깨달았다. 그렇다. 분별력을 발휘할 필요는 있지만, 누군가의 행복을 위해서라는 관점에서가 아니라 좀 더 고상하고 귀중한 것을 위해서라는 관점에서 그 분별력을 발휘하지 않으면 안 된다[4].

(수첩)

---

4) 이 문장은 단편 『연애에 대해서』에 그대로 사용되었다. 남편과
아이가 있는 아빌로바를 염두에 두고 쓴 글이라고 생각해도 좋을
것이다. 자신에게 호의를 보이고 있던 이 부인에게 체호프가 어느
정도의 사랑을 느꼈는지는 알 수 없지만, 만약 이 부인과 사랑의
도피행각을 벌일 경우 어떻게 될지를 공상한 적은 있었을지도
모른다. 체호프에게는 사랑을 이루는 것보다 이 부인의 남편과
아이의 불행이 더 절실한 문제였다. 자신의 정열 내지 정욕을 위
해서 죄 없는 사람들까지 불행하게 해도 좋은 것인지? 체호프는
늘 사랑의 문턱 앞에 서서 생각에 잠겼다. 그런 그에게 뜨거운
사랑은 없었다. 그가 그린 사랑도 전부 어딘가 쓸쓸한 불행의 그
림자를 드리우고 있다. 만년의 명작 『강아지를 데리고 있는 부
인』에도 아빌로바와의 교섭이 투영되어 있을지도 모른다.

도스토옙스키

설령 수녀님이라 할지라도 다른 무엇이라 할지라도, 여자는 언제나 여자다.

(악령)

여자란 모두 그런 거야! 가장 품위 있었던 여자가 한순간에 가장 평범한 노예가 되어버린단 말이지!

(도박사)

영리한 여자와 질투심 강한 여자는 서로 다른, 전혀 별개의 존재다. 따라서 아무리 영리한 여자라 할지라도 동시에 질투심 강한 여자가 될 수 있다.

(죄와 벌)

톨스토이

무릇 사랑에는 세 가지가 있다.

(1) 미적인 사랑.

(2) 헌신적인 사랑.

(3) 실행적인 사랑.

미적인 사랑이라는 것은 감정 그 자체와 그 표현의 아름다움에 대한 사랑이다. 미적인 사랑을 사랑하는 사람에게 사랑의 대상은 미적인 느낌을 자극하는 범위 내에서, 좋은 것이라고 여겨진다. 그들은 이 감정에 대한 의식과 표현을 즐기고 있는 것이다. 그들은 종종 사랑의 대상을 변경한다. 왜냐하면 그들의 주요한 목적은 사랑의 쾌감이 끊임없이 자극받는 것에 있기 때문이다.

헌신적인 사랑은 사랑의 대상을 위해서 자신을 희생하는 그 과정에 대한 사랑으로 그 희생 때문에 사랑의 대상이 힘들어하든, 혹은 그것을 기뻐하든 그런 것에는 마음을 두지 않는다.

실행적인 사랑은 사랑하는 사람의 모든 요구, 모든 희망, 혹은 변덕뿐만 아니라 악덕까지도 만족시켜 주려는 노력을 아끼지 않는다. 이와 같은 사랑으로 살아가는 사람들은 평

생 변하지 않는 사랑을 가지고 있는 사람들이다. 왜냐하면
그들은 사랑하면 사랑할수록 더욱 더 깊이 사랑의 대상을
이해하게 되고, 따라서 그들에게는 사랑하는 것, 즉 그 대상
의 희망을 만족시켜주는 일이 더욱 쉬워지기 때문이다. 그
들의 사랑이 말로 표현되는 적은 거의 없다.

(청년 시절)

체호프

　스무 살에 Z를 사랑했으며, 스물네 살에 연애도 해보지 않고 단지 상대방이 선량하고, 현명하고, 사상을 가진 사람이라는 이유만으로 N에게 시집갔다.

　N부부는 좋은 생활을 했으며, 모든 사람들의 선망의 대상이었다. 그리고 실제로 생활은 원만하고 평온하게 흘러갔고 그녀는 만족스러웠다. 사람들이 연애론에 대해서 이야기할 때면 그녀는 "가정생활에 필요한 건 사랑도, 정열도 아닌 애착이에요."라는 의견을 밝히곤 했다. 그런데 어느 날, 갑자기 울려 퍼진 음악을 듣고 느닷없이, 마치 봄날에 얼음이 녹듯이 그녀의 가슴 속에 심상치 않은 동요가 일어났다. 그녀는 Z를, 그에 대한 자신의 사랑을 떠올린 것이었다. 그리고 일생을 엉망으로 만들어 버렸다, 내 인생을 잃고 말았다, 나는 불행하다는 절망적인 생각에 휩싸였다. 하지만 그런 생각도 곧 가라앉았다. 일 년 후, 새로운 행복을 축복하는 신년을 맞이할 때가 되자, 다시 한 번 똑같은 발작이 일어났다. 그리고 실제로 새로운 행복을 원했다.

(수첩)

도스토옙스키

세상에는 연인, 혹은 정부로는 통용되어도 다른 데에는 아무런 도움도 되지 않는 여자가 있는 법이다.

(카라마조프 형제)

여자는 한 사람도 남김없이 거짓말쟁이다.

여자는 절대로 마음을 털어놓지 않는다. 여자는 전부 부정직하다.

(카라마조프 형제)

나는 여자라는 존재가 너무 싫어! 사람이라는 건 말뿐, 한 껍질 벗기고 나면 남들 앞에 내놓기도 부끄러운 존재이고, 거기에 영혼의 구원에 방해가 되는 존재니까.

(스체판치코보 마을과 그 주민)

톨스토이

고뇌 없이 정신의 열매는 맺지 않는다.

(우리 무엇을 해야 하나)

쾌락은 진리의 발견에 있는 것이 아니라 그 탐구 속에 있는 것이다.

(안나 카레니나)

고뇌의 은혜를 의식하지 못한 사람은 아직 이성적인, 즉 진실 된 생활을 영위하지 못하고 있는 것이다.

(인생의 길)

인생의 행복은 결코 기쁨 속에 있는 것이 아니라, 기쁨 혹은 기쁨에 대한 기대 같은 것은 생각지 않고 신의 뜻을 이행하는 데 있다.

(빛이 있는 동안 빛 속을 걸어라)

체호프

······ 그 청년은, 자신에게 있어서 전혀 새로운, 이상한, 불쾌한 기분을 떨쳐낼 수가 없었다. ······ 그는 슈미히나(청년의 친척. 별장의 여주인)의 사촌동생뻘인 여자 손님, 안나 페드로브나를 사랑하게 되어버린 것 같다는 생각이 들었다. 그 사람은 시원시원하게 몸을 움직이며, 성량이 풍부하고, 재미있는 부인으로 나이는 서른 정도, 건강하고 활달했으며, 장밋빛 얼굴에 어깨는 둥글었고 턱 밑도 지방 때문에 둥글었다. 얇은 입술에는 늘 미소가 번져 있었다. 그녀는 아름답지 않았으며 젊지도 않았고, 보로자도 그 사실을 알고 있었지만, 어째서인지 그는 그녀를 생각하지 않을 수가 없었다. 그녀가 크리켓을 하다가 둥근 어깨를 움츠리거나, 깔깔대고 웃은 뒤 평평한 등을 움직이거나, 계단을 뛰어오른 뒤 소파에 털썩하고 앉아 숨을 헐떡이며 눈을 감고 가슴이 미어진다는 듯한, 숨이 차다는 듯한 모습을 보일 때면 그녀 쪽을 바라보지 않을 수가 없었다. 그녀는 이미 결혼한 몸이었다. 그녀의 남편은 성실해 보이는 건축가로 일주일에 한 번 별장으로 와서 깊은 잠을 잔 뒤 마을로 돌아갔다. 보로자는 이 건축가를 이유도 없이 미워하기 시작했으며,

그가 마을로 돌아갈 때면 늘 기쁨을 느낀다는 데서 이 이상한 기분은 시작되었다5).

(보로자)

---

5) 17세의 소년이 성에 눈을 뜰 때의 기분을 잘 묘사했다. 소년들은 종종 연상의 여인을 대상으로 첫 번째 욕정―이상한, 이라고 밖에는 달리 표현할 길이 없는 감정―을 느끼게 되는 법이다. 이 소년은 대담하게도 이 부인에게 사랑을 고백, 육체관계를 갖는다. 직후 두 사람은 서로에게 혐오감을 느낀다. 난숙함과 미숙함에서 오는 부조화 때문이라기보다는, 남녀 간의 사랑을 육체를 통해서만 보게 된 부인과 정신적인 플러스알파를 기대하고 있던 소년의 마음이 서로 엇갈렸기 때문이라고 할 수 있다. 이러한 사실들을 알고 다음 글을 읽으면 청년의 마음을 들여다본 작가의 시선이 얼마나 날카로운 것인지를 알 수 있을 것이다(별장을 떠나 마을로 돌아가는 도중, 열차 안에서).

「그는 마음이 답답하면 답답할수록 더욱 강하게, 이 세상 어딘가의 누군가에게는 청결하고, 품위 있고, 따뜻하고, 우아하고, 사랑과 애무와 활달함과 편안함에 넘치는 생활이 있을 것이라고 느꼈다. ……그런 느낌이 들 때마다 그것에 대한 동경이 강해져서, 한 승객이 그의 얼굴을 빤히 들여다보며 이렇게 말했을 정도였다.

"왜 그래요? 이라도 아픈 건가요?"」

이 소년은 자살을 하게 된다. 같은 해, 그리고로비치에게서 '17세 소년의 자살'에 대해서 써보지 않겠느냐는 말을 듣고 그에 응해서 쓴 글이다. 이 작품의 저변에는 저속한 소시민적 생활에 대한 저항이 담겨 있다.

도스토옙스키

여자의 눈물에 속지 말라.

(백치)

상류사회에 속해 있는 우아한 귀부인 가운데 어떤 사람들은, 무대 뒤에 있을 때와 살롱에 나섰을 때 전혀 다른 행동을 하는 법이다.

(아저씨의 꿈)

저는 여성들의 성격 가운데 다음과 같은 특징이 있다는 사실을 깨달았습니다. 그러니까 예를 들어서 말입니다, 가령 여성이 어떤 과실을 저질렀다고 하겠습니다. 그러면 그녀는 그 순간에, 과실의 증거가 아직 생생한 그 순간에 그 과실을 인정하고 사과하기보다는, 나중에, 한동안 시간이 흐른 뒤에 무수한 애무로 자신의 죄를 보상하는 방법을 쓴다는 사실입니다.

(학대받은 사람들)

톨스토이

여자란 아무리 연구를 계속해도 언제나 완전히 새로운
존재다.

(안나 카레니나)

여자는 페치카에서 일어나는 데도 일흔일곱 번이나 생각
을 한다.

(어둠의 힘)

남자의 사명은 넓고 다양하고, 여자의 사명은 일률적이
고 조금 좁지만 더욱 깊이가 있다.

(양성관계에 대한 고찰)

가정에서 행복해질 수 없는 여자는, 그러한 주부는 어디
에 가도 결코 행복해질 수 없을 것이다.

(위대한 인생)

체호프

랴보비치는 당황스러운 기분으로 멈춰 섰다. …… 그 순간 뜻밖에도 부산한 발소리와 옷깃 스치는 소리가 들려왔다. 헐떡이는 듯한 여자의 목소리가 "드디어 왔구나!"라고 속삭였으며, 부드럽고 냄새가 좋은, 의심할 여지도 없는 여자의 두 팔이 그의 목을 끌어안았다. 그의 뺨에 따뜻한 뺨이 찰싹 달라붙었고, 동시에 입맞춤 소리가 들려왔다. 그런데 입맞춤을 하던 여자가 곧 소리를 지르며 가여운 표정으로 ―랴보비치에게는 그렇게 보였는데― 그에게서 떨어졌다. 잠시 후, 그도 소리를 지를 것 같은 표정으로 밝은 문 틈을 향해 달려갔다. ……

그가 홀로 돌아왔을 때, 그의 심장은 두근거리고 있었으며 두 손은 자신도 모르게 등 뒤로 감췄을 만큼 부들부들 떨리고 있었다. 처음 얼마 동안은 홀에 있는 사람들이 조금 전 여자에게 안겨 입맞춤 당했다는 사실을 알고 있는 것이 아닐까 하는 부끄러움과 두려움에 시달렸다. 하지만 홀에 있는 사람들이 여전히 매우 차분하게 춤을 추기도 하고 이야기를 나누기도 한다는 확신이 들자 그는 지금까지 이 세상에서 한 번도 맛본 적이 없는 새로운 감각에 휩싸였다.

그에게 어떤 신비한 일이 일어난 것이었다. …… 조금 전 부드럽고 냄새가 좋은 두 팔이 감겨졌던 그의 목에 기름을 바른 것 같다는 느낌이 들었으며, 낯선 여자가 입맞춤을 한 왼쪽 턱수염 근처의 뺨에서는 박하 방울이라도 바른 것처럼 가볍고 기분 좋은 냉기가 느껴지며 떨림이 전해졌다. 그곳을 닦아 내면 닦아 낼수록 더욱 강하게 그 냉기가 느껴져, 그는 머리끝에서부터 발끝까지, 온몸이 새롭고 기묘한 감정으로 넘쳐 났고 그것은 더욱 커져만 갔다. …… 그는 춤을 추고, 이야기하고, 정원으로 달려 나가 큰소리로 웃고 싶었다.

(입맞춤)

도스토옙스키

불행에 빠졌을 때 가능한 한 무슨 말이든 마음껏 하게 내버려둘 필요가 반드시 있는, 그런 불행한 사람들이 있는 법이다. 그런 사람들은 특히 여성 가운데 많다.

(미성년)

이제 와서 말씀드릴 필요도 없는 사실입니다만, 아무리 화가 난 듯한 얼굴을 하고 있다 할지라도 모욕당하는 편이 훨씬, 훨씬 더 마음 편한 경우가 여자에게는 흔히 있는 법입니다. 어떤 사람에게나 있는 법입니다, 그런 경우가. 당신도 깨달으셨는지 어떤지는 모르겠지만, 대부분의 인간은 모욕당하는 것을 오히려 매우, 매우 좋아하는 법입니다. 그런데 여자는 그걸 각별히 좋아합니다. 그것만을 유일한 즐거움으로 살아가고 있다고 말해도 좋을 정도입니다.

(죄와 벌)

톨스토이

여자의 수치는 일시적인 것, 아무리 길어도 자기 집의 문턱까지.

(어둠의 힘)

들판의 말과 집안의 아내에게는 결코 마음을 주어서는 안 된다.

(크로이체르 소나타)

일부러 아이를 낳지 않으려 궁리를 하고, 그 어깨나 머리카락으로 남자의 애간장을 끓이게 하는 여자는 결코 남자를 제멋대로 하는 여자가 아니다. 그야말로 남자 때문에 타락한 여자, 타락한 남자의 수준으로까지 떨어진 여자, 남자와 마찬가지로 규율을 배반한 여자, 남자와 마찬가지로 삶의 모든 이성적인 의의를 잃어버린 여자다.

(우리 무엇을 해야 하나)

체호프

물은 어디로 가는지도, 무엇을 위해서인지도 모르는 채로 흘러가고 있었다. 그것은 5월에 그랬던 것과 마찬가지로 흘러가고 있었다. 5월에는 시내에서 강으로, 강에서 바다로 흘러간 뒤 증발되어 비가 되었고, 어쩌면 그때의 그 물이 지금 다시 랴보비치의 눈앞을 흘러가고 있는 것일지도 몰랐다. …… 무엇 때문에? 왜? 그리고 랴보비치에게는 전 세계, 모든 생활이 이상하고 목적이 없는 것처럼 보였다. …… 문득 눈을 들어 하늘을 본 그는 다시 한 번 운명이 그 낯선 여자의 모습을 빌려서 뜻밖에도 그를 애무했다는 사실을 떠올렸다. 그 여름날의 공상과 환상을 떠올렸다. 그러자 지금의 그의 생활이 매우 따분하고, 비참하고, 빛바랜 것처럼 느껴졌다.

(입맞춤)

도스토옙스키

이것이 넬리의 마음을 심하게 흔들었다. 그녀는 우리들이 크게 노할 것이라 예상해서 야단을 맞거나 벌을 받게 되리라 생각했던 것이다. 혹은 무의식적으로 그 순간 오직 그것만을 바라고 있었던 걸지도 모르겠다. 즉, 얼른 울음을 터뜨려, 히스테리처럼 울음을 터뜨려 앞서와 마찬가지로 다시 약을 집어던지고, 결국에는 홧김에 무엇인가를 부수는 일까지 해버릴 구실을 찾아, 그런 행동을 함으로 해서 그 변덕스럽고 상처받은 작은 가슴을 치유하려 했던 것이다. 이러한 변덕은 단지 환자에게서만이 아니라, 넬리에게서만이 아니라 좀 더 흔히 볼 수 있는 것이다. 나만 해도 누구라도 상관없으니 한시라도 빨리 내게 모욕을 주었으면 좋겠다, 혹은 모욕이라 여겨질 만한 말을 해주지는 않을까, 그리고 한시라도 빨리 닥치는 대로 이 가슴속 번민을 씻어내고 싶다는 은밀한 소망을 품은 채 얼마나 자주 방 안을 오갔었는지. 여성이란 이런 식으로 화를 터뜨리고 거짓 없는 참된 눈물을 흘리며 울기 시작하는데, 특히 예민한 여성은 히스테리를 일으키는 경우조차 있다. 이는 일상적으로 매우 흔히 볼 수 있는 일이고, 그 외에도 대부분의 경우

남몰래 슬픔을 가슴속에 품고 있는데 누군가에게 그것을
털어놓으려 해도 그럴 수 없을 때 특히 자주 볼 수 있는
일이다.

(학대받은 사람들)

톨스토이

여자는 모두 남자보다 물질적이다. 우리 남자들은 사랑에서 위대한 것을 창조하지만 여자들은 어떤 경우에라도 너무 현실적이다.

(안나 카레니나)

대부분의 여자들은, 상대방이 한 말에 대답을 하는 것이 아니라 상대방이 말할 것 같다고 생각되는 말에 대답하는 묘한 버릇을 가지고 있는 법이다.

(크로이체르 소나타)

제아무리 차림을 단정히 하고 스스로 어떤 말을 한다 할지라도, 또한 제아무리 우아하다 할지라도 만약 성관계를 줄이지 않고 아이를 낳지 않을 궁리를 한다면, 그런 여자는 모두 매춘부에 지나지 않는다.

(우리 무엇을 해야 하나)

체호프

아그네프는 여자(그를 사랑하고 있는 여자) 곁에 책 뭉치를 놓고 그 위에 앉아서 이야기를 계속했다. 그녀는 걸음 때문에 거칠어진 숨을 무겁게 내뱉고는 아그네프 쪽이 아닌 다른 쪽을 바라봤다. 그랬기 때문에 그는 그녀의 얼굴을 볼 수가 없었다.

"이봐요, 갑자기 10년이 지나고, 우리가 그때 만난다면 어떤 기분일까요? 당신은 이미 존경할 만한 한 가족의 어머니가 되어 있을 테고, 나는 엄청나게 두꺼운, 누구도 필요로 하지 않는 존경할 만한 통계집의 저자쯤이 되어 있을 테지요. 만나서 옛날얘기를 합시다. …… 지금 우리는 현재를 느끼며, 현재가 우리를 채우고 있고, 흥분시키고 있지만, 그렇게 만날 때쯤이면 우리는 이미 이 조그만 다리 밑에서 마지막으로 만났던 게 며칠인지도, 무슨 달이었는지도, 그 해조차도 잊고 말 거예요. 당신은 틀림없이 변해서……. 그렇죠, 변해 있겠죠?"

벨라는 몸을 떨며 그 쪽으로 얼굴을 돌렸다.

"뭐가요?"라고 그녀가 물었다.

"조금 전에 들었잖아요……."

"죄송해요, 무슨 말씀을 하셨는지 못 들었어요."6)

(베로치카)

---

6) 사랑을 고백해야겠다고 결심한 아가씨의 귀에는 아무런 소리도
   들리지 않는 법이다. 남자는 그 아가씨의 애달픈 마음을 빌어주지
   않고 그 자리를 뜬다.
     체호프는 인간으로서의 성장에 도움이 되는 결혼만을 인정했
   으며, 성욕이나 기분 때문에 한 결혼에는 호의를 보이지 않았다.
   거기에는 결혼에 대한 일종의 이상주의가 있는 것일지도 모른다.
   그의 형들의 결혼이 모두 불행했다는 것도 하나의 원인이 되었을
   것이다. 이와 같은 결혼에 대한 신중한 태도와 병 때문에 그는
   결혼이 늦어졌다. 그리고 그가 묘사한 연애나 결혼에는 불행의
   그림자가 드리워져 있다는 것도 기억해둘 만한 사실이다.

도스토옙스키

지금까지 누구 하나 히스테리로 죽은 사람은 없었다. 신은 사랑의 마음으로 여성에게 히스테리를 주신 것이다.

(카라마조프 형제)

젊은 아가씨에게 있어서 분별력이라는 것은 무용지물이야. 사실을 전부 알고 있으면서도 마치 아무것도 모르는 양, 들은 적도 없다는 듯한 얼굴을 하고 있으니 말이야! 그 가슴은 눈물에 감싸여 있으면서도 본인의 머리는 교활한 뱀과 다를 바 없어! 스스로 길을 찾아내 재난 사이를 잘 기어 다니면서도 자신의 교활한 의지만은 소중하게 지켜낸단 말이지! 경우에 따라서는 머리를 쓰고, 머리로 잘 되지 않을 때에는 그 아름다움으로 남자의 눈을 흐리게 하고, 검은 눈으로 상대방의 이성을 마비시켜버려. 아름다운 얼굴 앞에서는 힘도 부질없는 것이니까. 강철과 같은 마음도 두 갈래로 갈라져버리고 말지!

(여주인)

톨스토이

순결은 규범이나 명령이 아니며, 이상이라기보다는 오히려 이상을 위한 하나의 조건이다.

(크로이체르 소나타)

아무리 타락한 여자라 할지라도 만약 그녀가 의식적으로 아이를 낳는 일에 자신의 몸을 바치고 있다면 그녀는 신의 의지를 수행하며 인생 최고, 최선의 사업에 따르는 것으로 그녀보다도 숭고한 사람은 어디에도 없다.

(우리 무엇을 해야 하나)

내 생각에 이상적인 여성이란, 그녀 자신이 몸담고 있는 시대의 최고의 세계관을 습득하고 여성에게 주어진 불가항력적인 천직, 즉 아이를 많이 낳고, 자신이 습득한 세계관에 따라서 인류를 위해 일할 능력을 갖춘 사람으로 자신의 아이들을 기르는 사업에 몸을 바치고 있는 여성이다.

(여성론에 대한 반박)

체호프

여성 중에서 제가 가장 사랑하는 것은 아름다움이지만,
인류의 역사 중에서는, 문화입니다.

(스보린 앞)

여자들이 그(화가 레비턴)를 지치게 만든 것 같습니다.
그 사랑스러운 창조물은 사랑을 부여해주기는 하지만 남자
들을 아주 조금, 그러니까 젊음을 앗아 갑니다.

(스보린 앞)

후훗! 여자들은 젊음을 앗아 갑니다. 제게서 앗아가는
것은 아닙니다만. 제 생애에 있어서 저는 문지기였지 주인
이 아니었으며, 운명은 제게 관대하지 않았기 때문에. 제게
로망스는 적었고 …… 방탕에는 마음을 빼앗기지 않습니
다.

(스보린 앞)

도스토옙스키

　세상에는 마치 인생의 간호사 같은 여성이 있다. 그녀들 앞에서는 무엇 하나 숨기지 않아도 된다. 적어도 가슴속 아픔, 가슴속 상처는 무엇 하나 숨길 필요가 없다. 괴로움에 시달리고 있는 사람들은 용감하게 희망을 품은 채 그녀들을 찾아도록 하라. 무거운 짐이 되지나 않을까 걱정할 필요는 없다. 어느 부류의 여성의 가슴에서 참으로 인내심 강한 애정과 배려와 모든 것을 용서하는 관용적인 정신을 얼마나 많이 찾아낼 수 있을지, 그것을 알고 있는 사람은 우리들 속에도 거의 없기 때문이다. 이렇게 깨끗한 가슴속에는 동정심과 위로와 희망의 보고라고도 할 수 있는 것이 내장되어 있다. 게다가 그 가슴 역시 상처를 받은 경우가 많다. 왜냐하면 애정으로 넘쳐나는 마음에는 슬픔 또한 많기 때문이다. 그러나 그 상처는 꽁꽁 감춰져 있기 때문에 이 세상 호사가들의 눈에 띌 일은 없다. 깊은 슬픔이라는 것은 언제나 침묵한 채 말하지 않고, 그 모습을 노골적으로 드러내지 않는 경우가 가장 많기 때문이다. 상처의 깊이도, 상처에서 흘러나오는 고름도, 그 악취도 그녀들을 놀라게 하지는 않는다. 그녀들 곁으로 다가선 사람은 이미 그것만으로도 그

114

녀들에게 어울리는 사람인 것이다. 하지만 바로 그녀들이
야말로 이러한 위업을 달성하기 위해서 이 세상에 태어난
것과 다를 바 없는 존재들이다.

(작은 영웅)

톨스토이

청결함! 세상에는 이것을 최고의 미덕이라 생각하고 있는 사람들이 많다. 특히 여성이 그렇다는 것은 누구나 알고 있는 사실이다. 하지만 이 청결함이란 것은 '하얀 손은 타인의 노동을 좋아한다.'는 속담을 반증하는 것에 지나지 않는다.

(우리 무엇을 해야 하나)

인류의 존속을 목적으로 하는 남녀 간의 결합은 각 개인에게 있어서도 그리고 인류 전체에 있어서도 매우 중요한, 그리고 위대한 사업이다. 따라서 이것을 적당히 행하거나, 순간적인 기분에 휩싸여서 간단히 행하거나, 혹은 누군가에게 쾌적하도록 하는 등의 이유로 행해서는 안 된다. 우리보다 앞선 세상에서 살았던 성현들이 깊이 생각한 뒤에 결정한 것처럼 그것을 행할 필요가 있다.

(위대한 인생)

체호프

믿어 주십시오. 저는 여성 속의 Reinheit(순결)뿐만 아니라 선량함까지도 존경하고 있습니다.

(미지노프[7] 앞)

여자는 말이지 아름답지 못하면 예외 없이 '눈이 예쁘다거나 머릿결이 좋다.'는 말을 듣게 되는 법이야.

(큰아버지 바냐)

---

7) 미지노프(1870~1937). 절세의 미모를 자랑했던 여성으로 한때 체호프도 마음을 빼앗긴 적이 있었다. 하지만 성격 차와 체호프의 병 때문에 열매를 맺지는 못했다. 그녀는 체호프가 거절을 한 것이라고 착각, 체호프의 친구로 처자를 거느리고 있던 포탄코프에게 몸을 맡겨 아이까지 가졌지만 버림을 받았다. 『갈매기』는 그녀를 모델로 한 작품인 것으로 알려져 있다. 여기에 실은 글은 순결을 잃은 미녀 미지노프에 대한 배려와 동시에 체호프의 여성관의 일단을 보여주는 것이다.

도스토옙스키

　하지만 나는 현대의 여성들에게서 적잖은 결점을 발견했다. 그 가운데 주요한 것은, 어떤 부류의 남성에게서 특징적으로 볼 수 있는 사상에 지나치게 의존한다는 점, 그러한 남성의 사상을 그대로, 글자 그대로 받아들여 조금의 의심도 없이 무조건적으로 그것을 믿어버리는 경향이다. 이것은 결코 모든 여성에 대해서 말하고 있는 것이 아니며, 또 이 결점은 여성의 상냥함을 증거 하는 것임에는 틀림없다. 즉, 그녀들은 무엇보다도 신선한 감정을, 살아 있는 말을, 그 가운데서도 성실함이라는 것을 무엇보다 가장 존중하는데, 성실함을 너무 존중한 나머지 자칫 거짓된 성실함까지도 믿고, 참으로 보잘것없는 의견에도 쉽게 마음을 빼앗겨버리는 것이다. 게다가 그것이 도를 넘는 경우도 종종 있다. 고등교육이 보급됨에 따라서 앞으로는 그 교육이 이러한 결점을 바로잡는 데 커다란 공헌을 할 것임에 틀림없다.

(작가의 일기)

톨스토이

여자의 교육은 어떤 경우라도 여성에 대한 남성의 견해
와 일치하는 법이다.

(크로이체르 소나타)

때에 따라서, 미는 선이라는 착각이 사람들의 마음을 완
전히 지배하는 경우가 있다. 이 얼마나 놀라운 사실인가?
아름다운 여성이 어떤 어리석은 말을 해도, 듣는 사람에게
는 그것이 어리석은 것으로는 들리지 않고 현명한 말처럼
들린다. 아름다운 여성이 품위 없는 말을 해도 그것은 왠지
애교가 있는 것처럼 느껴진다. 그런데 어리석은 말도 품위
없는 말도 하지 않고 게다가 그 여자가 미인이라면 세상
남자들은 곧 이렇게 정숙한 현녀(賢女)는 이 세상에 다시
는 없을 것이라는 착각에 빠져 버린다.

(크로이체르 소나타)

체호프

여자들은 남자들과 교제하지 않으면 빛이 바래며, 남자들은 여자들과 교제하지 않으면 어리석어진다.

(수첩)

남자와 여자의 차이 - 여자는 나이를 먹어 감에 따라서 여자의 일에 더욱 매달리게 되지만, 남자들은 나이를 먹어 감에 따라 여자의 일에서 더욱 멀어져 간다.

(수첩)

물론 이 세상에서 성적인 부분은 중요한 역할을 담당하고 있습니다. 하지만 모든 것이 거기에 의존하고 있을까요? 결코 전부는 아닙니다. 어디에서나 결정적인 의미를 가지고 있다고는 말할 수 없습니다.

(스보린 앞)

도스토옙스키

얼굴을 마주할 때마다 어떤 새로운 것을, 지금까지 몇 번이고 얼굴을 마주했지만 끝내 깨닫지 못했던 새로운 것을, 그 표정에 담고 있는 용모가 있는 법이다.

(악령)

어떤 남자가 어떤 종류의 미, 여성의 육체, 혹은 단지 여성 육체의 일부분에라도(이는 호색한이라면 이해할 수 있는 심리인데) 마음을 빼앗겼다면 그 여성을 위해서는 자신의 아이도 버리고, 아버지도, 어머니도, 러시아도, 조국도 아무렇지 않게 팔아치우고 만다. 정직한 남자라도 간단히 도둑질을 하고, 조용한 남자라도 살인을 저지른다. 충실한 남자라도 배신행위를 하는 법이다. 여성의 다리를 노래한 시인 푸시킨은 그 시 속에서 아름다운 다리를 칭송했다. 다른 남자들은 시로 칭송하지는 않지만 아름다운 다리를 보면 자신도 모르게 깜짝 놀라지 않을 수 없다. 게다가 그것은 다리에만 한정된 것이 아니다.

(카라마조프 형제)

톨스토이

성욕과의 싸움은 가장 어려운 싸움이다.

(양성관계에 대한 고찰)

여자, 그것은 남성들의 활동에 커다란 걸림돌이다. 여자를 사랑하면서 동시에 무엇인가를 하기란 어렵다. 하지만 사랑이 일의 방해가 되지 않는 유일한 방법이 여기에 있다. 그것은 사랑하는 여성과 결혼하는 것이다.

(안나 카레니나)

여성은 남성을 자신의 포로로 만들었을 때 비로소 행복을 느끼며, 그 유일한 희망을 달성한 것이다. 따라서 여성의 가장 커다란 목적은 남성을 포로로 만드는 것이다. ……결혼 전에는 선택을 위해서 그것이 필요하지만, 결혼 후에는 남편에 대해 권력을 휘두르기 위해서 그것이 필요해진다.

(크로이체르 소나타)

체호프

얄타. 젊고 재미있는 남자. 40세 귀부인의 마음에 들다. 그는 그녀에게 관심이 없어 그녀를 피한다. 그녀는 괴로워한다. 결국 홧김에 그를 둘러싼 추문을 만들어낸다.

(수첩)

N과 Z가 동거하고 있다는 소문이 돌기 시작하면, N과 Z의 관계를 갈라 놓을 수 없을 것 같은 분위기가 조금씩 만들어지기 시작하는 법이다.

(수첩)

무슨 일이든 흔적을 남기지 않고 지나가는 것은 없다. 제아무리 조그만 발걸음이라 할지라도, 현재 및 미래의 생활에 대해 의미를 가지고 있는 것이라고 나는 믿는다.

(나의 생활)

도스토옙스키

이 순간, 이 가여운 아내의 눈물과 겁먹은 모습을 보고 그는 틀림없이 마음이 아프고 화가 났을 것이라 나는 믿어 의심치 않았다. 나는 확신한다. 그는 아내보다 훨씬 더 큰 괴로움에 시달리고 있었지만, 아무래도 끝까지 참을 수는 없었던 것임에 틀림없다. 이는 더없이 선량하기는 하지만 신경이 나약한 사람들에게서 흔히 볼 수 있는 현상인데, 그들은 선량한 성질을 가지고 있음에도 불구하고 자기만족에 빠질 만큼 그 슬픔이나 분노에 잠겨서, 설령 무슨 일이 있어도, 다른 아무런 죄도 없는 사람을 화나게 만들든 어찌 됐든, 어디까지나 자신의 울분을 토해내려 한다. 게다가 그 날벼락을 맞는 것은 언제나 그 사람과 가장 가까운 사람이다. 예를 들자면 여성에게서 흔히 볼 수 있는 일로, 전혀 모욕당하지도 않았고 불행하지도 않은데 자신을 불행하게 모욕당한 사람이라고 생각하고 싶어 하는 욕구가 있다. 이 러한 점에 있어서 여성을 닮은 남자들이 아주 많다. 더구나 여성다움이라고는 조금도 찾아볼 수 없는 억센 남자들조차 그렇다.

(학대받은 사람들)

톨스토이

여성의 노예상태란, 남성이 여성을 쾌락의 도구로 이용하기를 바라며 그것을 매우 좋은 일이라고 믿는 것이다.

(크로이체르 소나타)

부부가 아닌 여자와 성관계를 갖는 것이 남자의 건강에 유익한가 무익한가 하는 것은, 타인의 선혈을 먹는 것이 인간의 건강에 도움이 되는가 아닌가 하는 물음과 같은 것이다.

(인생의 길)

동물은 단지 자손을 낳을 수 있을 때만 교미하지만 ……
더러운 이 자연의 왕(인간)은 단지 쾌락을 추구하기 위해서 시간을 가리지 않고 그것을 행할 뿐만 아니라, 이 원숭이 같은 일을 사랑이라는 창조적 미로까지 승화시키고 있다.

(크로이체르 소나타)

체호프

그의 일생에서는 여자가 숙명적인, 절대적인 역할을 수행하고 있어. 그 자신의 말에 의하면 13세 때 이미 사랑을 했다고 해. 대학 1학년 때 그에게 유익한 영향을 주고, 음악을 가르쳐준 그 부인과 동거를 했어. 2학년 때 기루(妓樓)에서 매춘부를 받아들여 갱생시켰고. 즉, 첩으로 삼은 거야. 그녀는 그와 함께 6개월 정도 살다가 원래의 포주에게로 도망갔어. 그녀의 도망은 그에게 적잖은 정신적 고통을 주었지. 대학을 그만두고 2년 동안 일도 하지 않으며 집에서 빈둥거릴 수밖에 없었을 정도의 고통이었어. 하지만 오히려 그것이 그에게는 행운이었어. 집에 있으면서 한 미망인과 친해졌지. 그녀가 그에게 법학부를 그만두고 문학부에 들어가라고 권한 거야. 대학을 졸업한 그는 지금의 여자……, 뭐라고 해야 좋을지? 남편이 있는 여자를 열렬하게 사랑하게 되었고, 그녀와 함께 카프카스로 사랑의 도피를 하지 않을 수 없게 됐어. 이상인지 뭔지를 찾아서. 하지만 순식간에 그녀에게 싫증이 났고 다시 가까이에 있는 페테르부르크로 달아났어. 이번에도 역시 이상을 찾아서.

(결투)

도스토옙스키

아내에게 남편이 귀중한 때란, 오직 남편이 부재중일 때 뿐입니다.

(스체판치코보 마을과 그 주민)

지금부터 평생의 반려가 되려는 사람, 즉 남편에 대한 사랑은 형제들에 대한 사랑보다 우월하지 않으면 안 됩니다.

(죄와 벌)

부부나 연인 사이에서 일어난 일은 절대로 속단해서는 안 됩니다. 거기에는 어떤 경우에도 전 세계의 누구도 알지 못하는, 오직 그 두 사람만이 아는 한 구석이 반드시 존재하는 법입니다.

(죄와 벌)

톨스토이

　질투에 미쳐버린 사람에게 있어서(우리 사회에 질투에 미치지 않은 사람은 없다) 가장 고통스러운 것은 남자와 여자의 과도하고 위험한 접근을 허용하는 사교계의 일정한 조건이다. 만약 무도회에서의 접근이나 의사와 여성 환자와의 접근, 예술 특히 음악상의 공동작업에 필요한 접근 등을 저해하려 마음먹었다면 우선은 남들의 웃음거리가 되어야 한다. 인간이 단 둘이서 가장 고상한 예술인 음악에 종사하기로 했다면 그것을 위해서는 어느 정도의 접근이 필요하며 그 접근에는 비난받을 만한 점이 한 군데도 없다. 단지 어리석고 질투에 미쳐버린 남편이 아무래도 좋게 봐줄 수 없다고 생각하는 것뿐이다. 하지만 우리 사회에서의 간음의 대부분은 이와 같은 공동작업, 특히 음악의 합주 등이 원인되어 발생하고 있다는 것은 주지의 사실이다.

(크로이체르 소나타)

체호프

그가 손을 얹은 어깨는 아직도 따뜻했으며, 떨고 있었다. 문득 이 생명에 동정심이 느껴졌다. 아직도 이렇게 따뜻하고 아름다운데도, 이 생명이 그의 생명과 마찬가지로 떨어져 시들 날도 그리 머지않아 찾아올 것이라는 생각이 들었다. 어디가 좋아서 이렇게도 사랑을 해주는 걸까? 그는 늘 여자들로부터 다른 인간으로 여겨져 왔다. 여자들이 사랑한 것은 그 자체가 아니라 그녀들이 상상 속에서 만들어낸 남자였던 것이다. 그녀들이 자신들의 생활 속에서 애타게 찾던 남자의 환상을 사랑한 것이었다. 그리고 나중에서야 자신들의 오해를 깨닫게 되어도, 그래도 계속해서 사랑하는 것이다.

(강아지를 데리고 있는 부인)

도스토옙스키

　여기서 무엇보다 주목해야 할 사실은 구보즈실로프가 아직도 자신의 아내에게 폭력을 휘두르고 있다, 그것도 이전보다 훨씬 더 좋은 기분으로 그것을 행하고 있다는 사실이다. 놀랍게도 예전에는 그런 짓을 오히려 마음의 요구에서 했다는 것이다! 즉, 사랑스럽기 때문에 때렸다는 것이다. 아내도 남편에게 맞지 않으면 걱정이 되었다고 한다. 즉, 때리지 않는 것을 보니 이제는 애정이 식어버린 게 아닐까 하는 마음이 드는 것이다.

(겨울에 쓰는 여름의 인상)

톨스토이

예전의 기사(騎士)들은 여성을 신성한 사람으로 보겠다고 선언했지만(신성한 사람으로 보기는 했지만 그와 동시에 쾌락의 도구로도 보고 있었던 것이다) 요즘에는 여성을 존경한다고 선언하고 있다. 어떤 사람은 여성에게 자리를 양보하고, 손수건을 주워주기도 하며, 또 어떤 사람은 여성이 어떤 공직에 오르거나 정치에 참여하는 것을 허락한다고 말한다. 그런 일들이라면 무엇이든 앞장서서 하지만 여성을 보는 눈에는 여전히 아무런 변화도 없다. 여성은 쾌락의 도구이며 그 육체는 쾌락의 수단이다. 그리고 여성도 역시 그 사실을 알고 있다. 이것은 노예제도와 똑같은 것이다. 노예제도란 소수의 인간이 다수의 인간의 자유의지에 의하지 않은 노력을 이용하는 것에 다름 아니다. 그렇기 때문에 노예제도를 없애기 위해서는 사람들이 자유 의지에 의하지 않은 타인의 노력을 이용하기를 바라지 않고 그것을 죄악이라고, 혹은 수치라고 볼 필요가 있다. 그러나 사람들이 단순히 노예제도의 외면적인 형식만을 폐지하고 노예매매를 불가능하게 해놓은 뒤, 그것만으로 노예제도가 전부 없어진 것이라고 생각하고, 스스로도 그렇게 믿기 때문

에 노예상태가 여전히 존속되고 있다는 사실은 눈에 들어
오지 않는 것이다.

(크로이체르 소나타)

체호프

고독이 두렵다면 결혼하지 말라[8].

(수첩)

만약 내가 시집을 갈 수밖에 없다고 한다면, 나는 이틀 후에는 도망을 쳐버리고 말 것이다. 하지만 여자들은 남편의 집에 얼마나 빨리 익숙해지는지, 마치 그 집에서 태어난 사람 같다.

(수첩)

N이 결혼한다. 어머니와 여동생은 아내 될 사람의 수많은 결점만을 보고 슬퍼한다. 하지만 겨우 3~5년 뒤면 그의 아내도 자신들과 마찬가지로 인간이라는 사실을 확신하게 될 것이다.

(수첩)

---

8) 이것은 물론 체호프의 날카로운 역설 중 하나다. 결혼이 일종의 타협인 이상, 개성이 강하면 강할수록 더욱 고독을 느낄 것이라고 생각한 것이다.

도스토옙스키

어린이들 가운데는 오히려 변태적이라 여겨질 정도로 감동이 없는 어린이가 흔히 있는 법이지만, 그런 어린이일수록 일단 누군가를 사랑하기 시작하면 무턱대고 끝도 없이 사랑하는 법이다.

(작은 영웅)

대체 자네는 이 부근의 길모퉁이에서 어머니에 의해 구걸에 나선 아이들을 본 적이 없단 말인가? 그런 어머니들이 어떤 식으로 살아가고 있는지 나는 살펴본 적이 있다네. 거기서 아이들은 아이들로 있을 수가 없어. 거기서는 일곱 살짜리 아이도 음탕함의 바람에 물들고, 한 사람의 도둑이야. 하지만 아이들이야말로 그리스도의 모습, '신의 나라는 그들의 것'이라고들 하지 않는가? 신은 그들을 공경하고 사랑하라고 말씀하셨다네, 그들이야말로 미래의 인류야……

(죄와 벌)

톨스토이

📖

서둘러 결혼할 필요는 어디에도 없다. 결혼은 과일과 달라서, 아무리 늦어도 철 지난 것이 되지는 않는다.

(어둠의 힘)

결혼에 있어서 중요한 것은 스무 번이고 백 번이고 생각에 생각을 거듭하는 것이다. 사람은 죽음을 대할 때처럼 늘 그 외에 다른 방법이 없을 때에만 결혼해야 한다.

(크로이체르 소나타)

성실한 결혼생활을 영위하는 것은 참으로 좋은 일이다. 하지만 더욱 좋은 것은 결혼을 하지 않는 것이다. 그렇게 할 수 있는 인간은 좀처럼 존재하지 않는다. 하지만 그렇게 할 수 있는 인간은 행복하다.

(인생의 길)

체호프

지금 나는 결혼할 수가 없네. 왜냐하면 첫 번째로, 내 속에 아주 의심스러운 주민―바칠루스(결핵균을 일컫는다)가 살고 있기 때문이야. 두 번째로 내게는 돈이 한 푼도 없다네. 세 번째로 나는 아직도 매우 젊다고 생각하네. 앞으로 이삼 년 정도는 더 즐기게 내버려 두게. 그렇게 해주면 정말로 결혼하게 될지도 모르네.

(셰프텔리 앞[9])

아무도 듣지 못했구나. 나타샤는 훌륭하고 정직한 사람이야. 나는 결혼할 때, 우리는 행복해질 거다, 모두가 행복해질 거다…… 라고 생각했어. 그런데 아아…….(운다) 올랴, 일리나, 내 말을 무엇 하나 믿지 않아도 좋아, 믿지 않아도 좋아…….

(세 자매)

---

9) 셰프텔리(1859~1926). 건축가.

도스토옙스키

나는 인류 일반의 고뇌에 대해서 이야기할 생각이었지만, 그보다는 차라리 어린이의 고뇌에 대해서만 이야기하기로 하지. …… 우선 첫 번째로 어린이는 곁으로 다가와도, 더럽다 할지라도, 가난한 얼굴을 하고 있다 할지라도 사랑할 수가 있어(물론 가난한 얼굴을 한 어린이란 절대로 없다고 나는 생각하지만). 두 번째로 내가 어른에 대해서 이야기하고 싶지 않은 다른 한 가지 이유는, 그들이 추악하고 사랑받을 자격이 없을 뿐만 아니라 그들에게는 신의 벌이라는 것이 있기 때문이야. 그들은 지혜의 열매를 먹어서 선과 악을 알고 있고, '신처럼' 되어버렸어. 그리고 지금도 여전히 그것을 먹고 있어. 하지만 어린이들은 아무것도 먹지 않았기 때문에 지금은 무슨 일에 있어서나 아직 죄가 없어. …… 따라서 만약 어린이들이 이 세상에서 마찬가지로 끔찍한 괴로움을 맛보고 있다면 그건 물론 그들의 부모 때문이야. 지혜의 열매를 먹은 자신들의 부모 대신 벌을 받고 있는 걸 거야. 하지만 이와 같은 생각은 다른 세상의 생각이기에 이 세상에서 살고 있는 인간의 마음으로는 도무지 이해할 수 없는 이야기야. 죄 없는 사람이, 그것도

이처럼 죄 없는 사람이 다른 사람 때문에 괴로워해야 하다
니, 참으로 어처구니없는 얘기 아닌가!

(카라마조프 형제)

톨스토이

사람은 결혼을 하기 전에 열 번이고, 스무 번이고, 아니 백 번이고 잘 생각해 봐야 한다. 자신의 생활과 타인의 생활을 성적 관계로 묶는다는 것은 참으로 중대한 일이다.

(인생의 길)

결혼은 결코 해서는 안 된다. 충고하겠는데 적어도 하고 싶은 일을 전부 완벽하게 했다고 자신에게 분명히 말할 수 있을 때까지는, 그리고 자신이 선택한 여성에 대한 열이 식을 때까지는, 즉 그 여성을 확실하게 파악할 때까지는 결코 결혼을 해서는 안 되는 법이다. 그렇지 않으면 어처구니없는, 어떻게 손을 써볼 수도 없는 실수를 하게 된다. 결혼을 해야겠다면, 더 이상 아무런 쓸모도 없는 노인이 된 뒤에나 해야 한다……. 그렇게 하지 않으면 네가 가지고 있는 아름다움, 고상한 자질이 완전히 엉망이 되어 버린다. 하찮은 것 때문에 모든 것을 사용해버리게 된다.

(전쟁과 평화)

체호프

왜 러시아 남자들은 자식 때문에 고통을 겪어야 하며,
아내 때문에 고통을 겪어야 하는 것일까? 그리고 아내와
자식들은 왜 그 때문에 고통을 겪어야 하는 걸까?

(세 자매)

네가 주장하고 있는 결혼에 대해서는 글쎄, 뭐라고 하면
좋을까? 결혼한다는 것은 단지 사랑이 존재할 때만 흥미를
가질 수 있는 것이야. 그냥 마음에 들었다고 해서 아가씨와
결혼을 한다는 것은, 시장에 가서 좋아 보인다는 이유로
필요하지도 않은 물건을 사는 것과 같은 일이야. 가정생활
에 있어서 가장 중요한 추진축은 사랑이며, 성적으로 끌리
는 깃이며, 몸의 일치로 그 외의 것은 제아무리 현명한 분별
력을 발휘한다 해도 믿을 수 있는 것이 아니고 따분한 것이
야. 즉, 문제는 기분 좋은 아가씨라고 해서 결혼해도 되는
것이 아니라, 사랑하는 아가씨와 결혼을 하는 것이 중요한
거야. 너도 알고 있겠지. 결혼하지 않는 이유를.

(동생 미하일 앞)

톨스토이

결혼하지 않아도 살아갈 수 있음에도 불구하고 결혼하는 인간의 행위는, 발이 걸린 것도 아닌데 쓰러지는 인간의 행위와 같은 것이다. 발이 걸려서 넘어진 것이라면 어쩔 수 없다. 하지만 발이 걸리지도 않았는데 왜 일부러 넘어질 필요가 있겠는가? 동정인 채로 죄를 짓지 않고 살아갈 수 있다면 결혼하지 않는 것이 가장 좋다.

(인생의 길)

결혼은 아이가 태어나는 것에 의해서만 시인받고, 그 빛을 더하는 법이다. 설사 우리는 신께서 우리에게 바라는 모든 일을 스스로 다 해내지는 못한다 할지라도, 적어도 자손을 통해서 신의 사업에 봉사할 수는 있는 것이다. 이와 같은 자각이 있어야 비로소 결혼은 시인받고 빛나는 것이 되는 법이다. 따라서 부부 사이에 자녀 두기를 바라지 않는 결혼은 간음보다도, 아니 어떤 방탕보다도 나쁜 것이다.

(인생의 길)

체호프

남편을 배신한 아내는, 식어 버린 커다란 커틀릿과 같은 것. 만지기도 싫다. 왜냐하면 다른 누군가의 손이 이미 잡은 것이기 때문에.

(수첩)

아내는 아내에요. 그녀는 정직하고, 야무지고, 그럭저럭 선량한 여자에요. 하지만 그럼에도 불구하고 그녀는 매우 천박하고, 그러니까 뭐라고 해야 할까, 털이 덥수룩하게 난 동물처럼 저급한 부분이 있습니다. 저는 당신을 친구로 생각하고, 마음을 털어 놓을 수 있는 유일한 사람으로 생각하고 이야기를 하고 있는 겁니다. 저는 나타샤를 사랑합니다. 그건 틀림없는 사실이지만, 때때로 그녀가 놀랄 만큼 속되고 악한 여자로 보이는 경우가 있습니다. 그럴 때면 저는 어처구니가 없다는 생각이 듭니다. 무엇 때문에, 어떤 이유로, 이렇게도 그녀를 사랑하는 걸까? 적어도 사랑하고 있었던 걸까? 그걸 알 수가 없습니다.

(세 자매)

톨스토이

자신만의 행복을 기초로 하고 있는 결혼은 모두 불화의 원인이 될 수밖에 없다.

(빛이 있는 동안 빛 속을 걸어라)

결혼은 자기 자신에 대한 봉사이기 때문에 어쨌든 신과 이웃에 대한 봉사에 장애가 된다. 기독교도의 견지에서 보자면 결혼은 타락이자 죄다.

(크로이체르 소나타)

결혼이란 남자와 여자 사이에, 자신들의 아이를 두자는 약속이다. 이 약속을 지키지 않고 간음죄를 범하는 사람은 언제나 그 죄 때문에 상대방보다도 더 불행해지는 법이다.

(인생의 길)

체호프

저는 당신의 아내가 되겠어요. 충실하고 순종적인 아내가 되겠어요. 하지만 사랑은 별개에요. 저도 어쩔 수 없어요! (운다) 지금까지 저는 한 번도 사랑을 맛본 적이 없어요. 아아, 사랑을 얼마나 동경해왔는지! 아주 오래 전부터, 밤이나 낮이나 동경을 해왔는데도 제 마음은 마치 소중한 피아노의 뚜껑을 닫아버리고 그 열쇠를 잊어버린 것 같았어요.

(세 자매)

시집을 간다는 것은, 꼭 사랑 때문만이 아니라 자신의 의무를 다하기 위해서이기도 해. 적어도 나는 그렇게 생각하고 있어. 나라면 사랑이 없어도 시집을 갈 수 있을 거라고 생각해. 누가 구혼을 해오든 제대로 된 사람이라면 말없이 가겠어. 그 사람이 나이 많은 사람이라 할지라도 가겠어.

(세 자매)

톨스토이

📖

결혼에 의해 속박된 여성에게 대체 어떤 자유가 있단 말인가?

(산송장)

타인의 아내는 백조와 같고, 자신의 아내는 맛이 변한 술과 같다.

(어둠의 힘)

부부생활이라는 것은 생활에 어떤 종류의 편의를 제공하기는 하지만, 그 반면 참으로 복잡하고 귀찮기 짝이 없는 일에 지나지 않기 때문에 자신의 의무를 다하기 위해서는, 즉 세상으로부터 인정받는 예의에 맞는 생활을 하기 위해서는 이 부부생활이라는 것에 대해서도 근무의 경우와 마찬가지로, 그에 대한 일정한 태도를 만들어낼 필요가 있다.

(이반 일리치의 죽음)

체호프

사랑은 곧 떠나며, 남는 것이라고는 단지 습관뿐이라고들 하지 않습니까? 가정생활의 목적 자체는 사랑에 있는 것도 행복에 있는 것도 아니라, 의무에, 예를 들자면 아이들을 기르거나 가정의 고통을 겪거나 하는 것에 있다고들 하지 않습니까?

(3년)

결혼을 하고 나니 그는 모든 것에 —즉, 정치나 문학이나 사회에도— 예전처럼 흥미를 느낄 수 없었다. 그 대신 아내와 갓난아기에 관한 일이, 그 어떤 사소한 일까지도 매우 중요한 것이 되어버렸다.

(수첩)

톨스토이

행복한 가정생활은 모두가 서로 비슷하지만, 불행한 가정은 여러 가지 모습으로 불행하다.

(안나 카레니나)

부부생활이라는 것이 언제나 생활의 즐거움, 품위를 더해 준다고는 말할 수 없으며 오히려 그것을 파괴하는 경우가 많은 법이다.

(이반 일리치의 죽음)

아이를 두는 것을 필연적인 결과로 삼는 공동생활, 이것이 참된 결혼이다. 모든 외형적인 예식이나 피로연, 주위의 사정 등은 결혼의 내용을 형성하는 것이 아니며, 그들 대부분은 여러 가지 공동생활 중에서 결혼에 의한 단 하나의 공동생활만을 인정하려 채용한 것에 지나지 않는다.

(인생의 길)

체호프

당신의 눈에는 가장 훌륭한 것으로 보이는 제 가정생활 이야말로 저의 가장 커다란 불행이자 공포입니다. 저는 기묘하고 어리석은 결혼을 했습니다. 결혼하기 전까지 저는 마샤를 미칠 정도로 사랑해서 2년 동안 악착같이 따라다녔다는 사실을 말해두어야 할 겁니다. 저는 그녀에게 다섯 번이나 구혼을 했습니다. 그녀는 계속해서 저를 거부했습니다. 왜냐하면 제게는 아무런 관심도 없었기 때문이었습니다. 여섯 번째로, 사랑에 눈이 먼 제가 그녀 앞에 무릎을 꿇고 구걸하듯 두 손을 내밀었을 때 그녀는 승낙했습니다. …… 그녀는 제게 이렇게 말했습니다. "저 당신을 사랑하지는 않지만, 당신에게는 충실하도록 하겠어요……."

그와 같은 조건을 저는 기쁨으로 받아들였습니다. 그것이 무엇을 의미하는지 그때는 알고 있었다고 생각합니다. 하지만, 신을 걸고 맹세하겠는데 지금은 모르겠습니다. "저 당신을 사랑하지는 않지만, 당신에게는 충실하도록 하겠어요." 이건 무엇을 의미하는 말일까요? 이건 희미하고 애매한 것으로……, 저는 지금도 결혼한 첫날과 마찬가지로 강하게 그녀를 사랑하고 있습니다. 하지만 그녀는 여전히 제게 무관심한 것처럼 보입니다. 제가 외출을 하면 틀림없이 기뻐할 겁니다. 그녀가 저를 사랑하고 있는 건지 아닌지, 아마도 저는 모르고 있는 듯합니다. 아니, 모르고 있습니다. 모릅니다. 하지만 저희는 한 지붕 아래 살면서 서로 '여보, 당신' 부르고 있고, 함께 잠을 자고, 아이도 생겼고, 재산도 공유하고 있습니다. …… 그 말은 무엇을 의미하는 걸까요? 무엇을 위해서였을까요? 뭐 좀 알고 계신 거 없습니까? 혹독한 시련입니다! 저희 사이가 어떤 것인지 전혀 알 수가 없어서 저는 그녀를 미워하기도 하고, 자신을 미워하기도 하고, 둘 모두를 미워하기도 하고 늘 머릿속이 엉망이어서 자신을 괴롭히고 점점 둔해져가는데 반해서, 우습게도 그녀는 날이 갈수록 아름다워져서 놀랄 만한 아름다움을 갖게 되었습니다. …… 그녀의 머리카락은 너무나도 멋지며, 그녀처럼 미소 지을 수 있는 여성은 이 세상에 한 사람도 없을 것이라고 저는 생각합니다. 저는 사랑하고 있으며 헛되이 사랑을 계속하고 있다는 사실도 잘 알고 있습니다. 이미 아이 둘을 가진 여성에 대한 헛되고 절망적인 사랑입니다. 그것을 이해할 수 있겠습니까? 무시무시한 일 아닙니까? 과연 그것을 환영보다 더 두렵지 않다고 말할 수 있을까요?

(공포)

톨스토이

자식은 신의 축복이다, 자식은 기쁨이다, 라는 등의 말은
전부 거짓이다. 그것은 옛날이야기로 요즘에는 전혀 어울
리지 않는 말이다. 자식은 고통이다. 단지 그것뿐이다.

(크로이체르 소나타)

만약 식사의 목적이 육체를 유지하는 것에 있다면, 한
번에 두 끼분을 먹는 사람은, 보다 커다란 만족을 얻을 수
있을지는 모르겠지만 식사의 목적 자체를 달성한 것은 아
니다. 왜냐하면 두 끼분의 식사는 완전히 소화되지 않기
때문이다. 이것과 마찬가지로 만약 결혼의 목적이 가정생
활을 영위하는 데 있다면 많은 아내, 혹은 많은 남편을 갖고
싶다고 생각하는 사람은 어쩌면 많은 만족을 얻을 수 있을
지는 몰라도 어떤 경우에도 결혼을 정당화하는 가정생활의
커다란 기쁨을 맛볼 수는 없을 것이다.

(인생의 길)

체호프

  우리의 만남, 우리의 결혼은 단순한 에피소드에 지나지 않았다. 이와 같은 에피소드는 발랄하고 재능이 풍부한 이 여성의 일생에서 앞으로도 적잖이 일어날 것이다. 내가 이미 말한 것처럼 이 세상에 있는 모든 좋은 것들은 그녀에게 도움을 주기 위해서 존재하는 것으로, 그녀는 그것들을 공짜로 얻었다. 사상이나 유행하는 지적 문화운동조차도 그녀에게 있어서는 생활에 변화를 가져다주는 기분전환의 역할을 하고 있었던 것이다. 나는 하나의 기분전환에서 다른 기분전환으로 그녀를 데려가는 마부에 지나지 않았다. 더 이상 그녀는 나를 필요로 하지 않았다. 그래서 그녀는 뛰쳐나갔고 나는 홀로 남게 되었다10).

(나의 생활)

---

10) 다음에 이어지는 체호프의 글이 그 뛰쳐나간 아내의 편지.

톨스토이

자식이 그 귀여운 손과 발과 몸 전체의 아름다움으로 어머니에게 부여하는 쾌감이나 만족은 그녀가 경험하는 고통에 비하면 참으로 보잘것없는 것에 지나지 않는다.

(크로이체르 소나타)

가정생활에서 무엇인가를 꾀하려면 부부 간의 완전한 반목이나, 혹은 애정의 일치가 필요하다. 부부 사이가 애매한 경우에는 그 무엇도 꾀할 수가 없다. 이 세상에는 부부가 제 각각 혐오스럽고 낡은 껍데기에 몇 년 동안이나 갇혀 있는 가정이 많은데 그것은 단지 부부 사이에 완전한 반목도, 애정의 일치도 없기 때문이다.

(안나 카레니나)

체호프

사랑하는 M. A, 선량하고 다정한 '나의 천사', 고참 직공이 당신을 그렇게 불렀습니다. 안녕, 저는 미국으로 박람회를 보러 아버지와 함께 갑니다. 며칠 후면 대양을 볼 수 있습니다. 드베치니(소설 속의 마을)에서 멀리, 생각하기에도 끔찍할 정도로 멀리 갑니다! 대양은 하늘처럼 끝없이 계속 되겠지요. 저는 널따란 곳에 가고 싶습니다. 저는 환희로 미쳐버릴 것만 같습니다. 제 편지가 엉망이라는 걸 당신도 아시겠지요? 사랑하는 당신, 제게 자유를 주세요. 저와 당신을 아직도 묶고 있는 실을 빨리 끊어주세요. 제가 당신을 만나고 당신을 알게 된 것은, 제게 살아 있다는 것을 느끼게 해준 하늘의 빛이었습니다. 하지만 제가 당신의 아내가 된 것은 실수였습니다. 그 점을 알아주세요. 잘못이었다는 의식이 아직도 저를 괴롭히고 있습니다. 무릎 꿇고 빌겠습니다. 나의 관대한 친구, 하루라도 빨리 대양을 향해서 출발하기 전에, 우리가 함께 저지른 잘못을 바로잡아 제 날개에서 유일하게 남아 있는 추를 떼어내는 데 동의하겠다고 전보를 보내주세요. 저희 아버지께서 모든 귀찮은 일을 맡아서 해주시기로 하셨고, 이혼을 위한 서면 작성으로 당신을 번거롭게 하지 않으시겠다고 약속해주셨습니다. 어쨌든 저는 어디로 날아가도 상관없는 자유의 몸이 될 수 있겠죠? 그렇겠죠?

행복하시길. 신의 축복이 있으시길. 죄 많은 저를 용서해 주세요.

건강하게 살아가고 있습니다. 돈을 헛되이 사용하고 있으며, 여러 가지 어리석은 짓을 하고 있는 저 같이 나쁜 여자에게 아이가 없다는 사실을 신께 늘 감사드리고 있습니다. 노래를 부르고 있습니다. 성공도 했습니다. 그러나 이것은 기분전환을 위한 일이 아니라, 이것이야 말로 저의 항구입니다. 지금의 제가 편안해질 수 있는 암자입니다. 다윗 왕은 '모든 것은 떠나간다.'는 글이 새겨진 반지를 가지고 있었다지요? 슬플 때는 그 말로 명랑해지며, 명랑할 때는 슬퍼집니다. 저는 유대 문자가 새겨진 반지를 끼고 있기 때문에 그 부적이 무엇인가에 탐닉하는 것을 막아줍니다. 모든 것은 떠나는 법입니다. 인생도 떠납니다. 즉, 아무것도 필요치 않은 것입니다. 아니, 만약 한 가지 필요한 것이 있다면 그것은 자유로운 의식뿐입니다. 제발 실을 끊어주십시오. 당신과 여동생을 힘껏 포옹하겠습니다. 당신의 M을 용서해 주세요. 그리고 잊어 주세요.

(나의 생활)

톨스토이

　설사 제아무리 오랫동안 교제했다 할지라도, 가정에서의 생활은 언제나 예의라는 허위의 막에 가려 있기 때문에 그 가족 성원 간의 참된 관계는 영원히 비밀로 남게 되는 법이다. 아니, 나의 관찰에 의하면 그 막이 아름다우면 아름다울수록, 즉 그것이 안을 비춰 보기가 어려우면 어려울수록 세상의 눈에 가려진 진상은 추악함을 더욱 더해가는 법이다.

(청년 시절)

쟁론에 귀를 기울여라, 하지만 거기에 가담해서는 안 된다. 아주 사소한 말에라도 격앙되거나 화를 내지 않도록 주의해야 한다. 노여움은 그 어떤 경우에라도 바람직한 것이 아니며, 옳은 일을 행할 때는 더욱 그렇다. 노여움이 그 옳은 일에 어둠을 가져다주기 때문이다.

— 고골

제3장

인생에 대하여

도스토옙스키

이 세상에서 이상한 일을 찾기 시작한다면 끝도 없을 것이다.

(백치)

그 순간순간의 정황이라는 것은 때로, 전혀 다른 성격을 가진 사람을 연결시키는 경우가 있는 법이다.

(타인의 아내와 침대 아래의 남편)

톨스토이

인생은 유희가 아니다. 자신의 의지로 생을 버릴 권리가 우리에게는 없다. 시간의 길이로 인생을 측량하는 것은 참으로 어리석은 짓이다.

(편지)

우리가 살아 있는 것은 우리가 자신을 소중히 여기고 있기 때문이 아니라, 우리가 인생의 사업을 행하고 있기 때문이다.

(인생론)

인생이란 이성의 법칙에 따르는 동물적 자아의 활동이다. 그리고 이성이란 인간의 동물적 자아가 행복을 위해서 따를 수밖에 없는 법칙이다.

(인생론)

체호프

인생이란 얼마나 기묘하게 변화한단 말인가? 얼마나 사람을 속인단 말인가?

(세 자매)

무슨 필요가 있어서 인간에게 단 한 번밖에 주어지지 않는 인생이 헛되이 지나가 버리는 기묘한 질서가 이 세상에는 존재하는 것일까?

(롯실드의 바이올린)

평평한 길에서도 넘어질 때가 있다. 결국 그것은 인간의 운명이다. 기본적으로는 틀리지 않았지만 개개의 부분에서는 틀릴 경우도 있는 법이다. 참된 진실을 아는 자는 없는 법이다.

(결투)

도스토옙스키

  인생의 현실은 추상적 사색의 온갖 결론, 교묘하고 세밀하기 짝이 없는 결론에 비해서도 무한이라 여겨질 만큼 각양각색이어서 그것을 정확하게 구별하기란 불가능한 일이다. 현실은 아주 세밀하게 분열하기 쉬운 경향을 가진 것이다.

(죽음의 집의 기록)

톨스토이

인간의 눈에 보이는 생활은 생명의 무한한 움직임의 일부에 지나지 않는다.

(인생론)

'인생이란 인간에게 행복을 가져다주는 신과 이웃에 대한 사랑이다.'라고 예수는 모든 선인(先人)들의 정의를 그 정의 속에 총괄하였다.

(인생론)

참된 인생이란 과거의 삶을 이어받아 현재 생활의 행복과 미래의 삶의 행복을 촉진시키는 생활의 행위다.

이 생활에 참가하려면, 인간은 삶의 아버지의 의지를 수행하기 위해서 자신의 뜻을 버려야만 한다.

(나의 신앙은 무엇에 있는가)

체호프

인간 각자의 생애에는 그 사람의 성격이나 습관, 세계관 까지도 갑자기 변하게 만드는 불행, 예를 들자면 가족의 죽음이나 재판, 중병과 같은 것이 있는 법이다.

(답답한 사람들)

인생이란 좋은 것이군요, 마리아 세르게브나! 그렇습니 다. 그것은 답답하고 덧없는 것이기는 하지만 대신 얼마나 풍성하고, 얼마나 현명하고, 변화무쌍한, 흥미로운 그리고 얼마나 놀라운 것입니까?

(편지)

젊은 것들은 어쩔 수가 없구나. 아아, 일생이 지나가 버렸어. 살아 있었던 것인지 아닌지 조금도 알 수가 없구나. 조금 누워야겠다. 필스, 너는 기력이 다했구나. 무엇 하나 남지 않았어. ……에잇, 모자란 녀석!

(벚꽃 동산)

도스토옙스키

　그러나 이 지상에서는 이처럼 한심한 일이 더없이 필요할 만큼 필요해. 이 세상은 한심한 일들 위에 서 있기 때문에 만약 그게 없었다면 이 세상에서는 아무런 일도 일어나지 않았을지도 모를 정도야. 우리는 알고 있는 것밖에는 알지 못해!

(카라마조프 형제)

톨스토이

인생은 무의미한 악의 연속이다.

(참회)

무덤 너머의 생활을 유일한 목적으로 삼고 있는 인생, 혹은 개인적 행복을 유일한 목표로 삼고 있는 인생은 악이자 허위다.

(인생론)

물레방아는 곡식을 잘 빻기 위해서 필요한 것이다. 인생은 인간의 삶을 훌륭한 것으로 만들기 위해서만 필요한 것이다.

(인생론)

체호프

📖

문명, 진보, 문화라 불리는 것들의 계단을 성큼성큼 올라
가십시오. 진심으로 권합니다. 가십시오. 그건 어디로 가는
것이냐고요? 사실은 저도 모릅니다. 하지만 그 계단을 위해
서만도 살아갈 가치는 있는 것입니다.

(수첩)

당신은 그 어떤 중대한 문제라도 대담하게, 똑 부러지게
결정하지만, 과연 어떨까요? 그것은 당신이 젊고, 무엇 하
나 자신의 문제를 끝까지 고민해본 적이 없기 때문이 아닐
까요? 당신이 용감하게 앞을 바라보고 계신 것도, 사실은
아직 참된 인생의 모습이 당신의 젊은 눈에는 보이지 않기
때문에 무서운 것이 없어서 그런 게 아닐까요?

(벚꽃 동산)

도스토옙스키

일반적으로 인간의 후반생이란 전부, 단지 그 전반생에서 축척한 습관에 의해서 성립되는 것에 지나지 않는다.

(악령)

환자에 대한 인간애, 다정한 태도, 형제로서의 동정심 등이 경우에 따라서는 그 어떤 의약보다도 환자에게 필요한 경우가 있는 법이다.

(죽음의 집의 기록)

톨스토이

인생, 즉 우리의 현재 생활에는, 현실에 존재하는 것보다 더 나은 것은 무엇 하나 존재하지 않는다. 현존하고 있는 것 이상의 것을 바라는 것은 신성모독이다.

(인생의 길)

신 안에는 커다란 것도 작은 것도 없다. 인생에 있어서도 역시 커다란 것도 작은 것도 존재하지 않는다. 있는 것이라고는 단지 곧은 것과 굽은 것뿐이다.

(빛이 있는 동안 빛 속을 걸어라)

인간의 삶에 변화가 발생하는 것은 당연한 일이다. 그러나 인간은 어디까지나 그 변화를 외적 조건의 소산으로 삼아서는 안 되며 영적 소산으로 삼아야만 한다.

(일기)

체호프

신께서는 말이지, 기쁨과 슬픔과 비탄이 있도록 해서 사람을 살아갈 수 있도록 만드셨어. 그런데 너는 아무런 욕망도 없어. 즉, 너는 살아 있는 게 아니야. 돌이야, 찰흙이야!

(유형지에서)

이봐 자네, 무상함이나, 덧없음이나, 인생의 무목적성이나, 죽음을 피하는 것이나, 무덤으로 가는 것의 어두움에 대해서 이래저래 생각을 해보는 것은, 그건 고상한 생각임에는 틀림없고, 또 오랫동안 마음속에서 생각하고 생각한 끝이라면, 철저하게 고통을 맛본 끝이라면, 노인이 된 후라면 자연스럽기도 하고 좋은 것일 거야. 실제로 현명한 지혜니까 말이야. 하지만 이제 막 한 사람의 인간으로서 생활하기 시작한 젊은 머리에게 있어서 그것은 그야말로 불행이야! 불행이고말고!

(횃불)

도스토옙스키

그래도 예의 바르다고 할 수 있을 정도의 사람이었어요. 상류 사람들도 출입을 허락했었어요. 그런데 어쩜 그렇게도 빨리 저런 사람들이 전부 자취를 감춰버리고 만 걸까요. 저렇게 예전에는 예의 바르던 사람들이 하나같이!

(백치)

톨스토이

살기 위해서는 먹지 않을 수 없다. 하지만 인간은 결코 먹기 위해서 살아서는 안 된다.

(인생의 길)

먹을 것이 없어서 굶어 죽는 자는 매우 드물다. 맛있는 것을 너무 많이 먹어서, 그리고 일하기를 잊어서 병에 걸려 죽는 사람들이 훨씬 더 많은 법이다.

(인생의 길)

인간은 자신을 위해 타인을 일하게 하기 위해서가 아니라, 자신이 타인을 위해 일하기 위해서 살아 있는 것이다. 그리고 일하는 자는 음식을 부여받게 될 것이다.

(나의 신앙은 무엇에 있는가)

체호프

지금까지 살아온 생애가 만약 초벌로 쓴 글이라면 새로운 생애는 완성된 글이 되겠지요? 그렇다면 우리는 무엇보다도 먼저 각각 자기 자신을 되풀이하지 않으려 노력할 거예요. 적어도 자신을 위해서 다른 생활환경을 만들려고 할 거예요.

(세 자매)

원래부터 지성이라는 것도 결코 영원한 것은 아니야. 한순간의 것에 지나지 않아. 그래도 나는 지성이라는 것에 자꾸만 마음을 빼앗겨. 그 이유는 자네도 알고 있겠지. 인생은 악의를 품은 덫과 같은 것이야. 한 사람의 인간이 되어 성숙한 자각에 도달했다면, 자신은 빠져나갈 길이 없는 덫에 걸린 것과 같은 상황에 빠진 것이라고 느끼지 않을 수 없을 거야. 사실 인간은, 어떤 우연한 사정으로 자신의 뜻과는 상관없이 허무에서 이 세상으로 불려 나온 것과 다를 바 없는 것이니…….

(6호실)

도스토옙스키

　일반 민중이 불신과 반감을 품고 있는 것은 의사 그 자체에 대해서가 아니라 의료의 행정적인 면에 대해서이다. 실제로 의사가 어떤 것인가를 알고 나면 그들은 곧 그 편견의 대부분을 버리게 되는 법이다.

(죽음의 집의 기록)

톨스토이

인간은 자연과 같은 삶을 살아가고 있는 것일 뿐이다. 즉, 죽고, 태어나고, 성생활을 하고, 다시 태어나고, 싸우고, 마시고, 먹고, 기뻐하고, 다시 죽을 뿐으로 자연이 태양이나 풀이나 짐승이나 나무에게 부여한 영원불변한 생활상태 이외의 다른 삶은 없다. 그것 이외의 법칙 같은 것, 그들에게는 존재하지 않는 것이다.

(코사크)

이 우주의 생활은 어떤 자의 뜻에 의해서 행해지고 있다. 어떤 자가 우주 전체의 이 생활과 우리 자신의 생활에 의해서 무엇인가 알 수 없는 자신의 일을 행하고 있는 것이다. 이 뜻이 무엇을 의미하는지 깨닫기를 희망한다면, 우리는 무슨 일에 있어서나 우선은 그 뜻의 명령에 복종하고 그 뜻이 우리에게 바라는 것을 실행해야만 한다.

(참회)

체호프

무엇을 위해서 살아가는 건지 알고 있습니까? 일부 사람들이 다른 사람들을 노예로 삼지 않기 위해서이며, 화가와 화가를 위해 물감을 푸는 사람이 똑같은 식사를 하기 위해서입니다. 하지만 그것은 소시민적이고 먹고사는 문제에 급급한 것이며 생활의 잿빛 측면으로, 그런 것만을 위해서 살아가다니 서글픈 일 아닙니까? 만약 일부의 버러지들이 다른 버러지들을 노예로 삼고 있다면 그건 말도 안 되는 상황으로, 서로를 잡아먹게 하면 될 겁니다! 우리는 그들의 일 같은 것 생각할 필요 없습니다. 그들을 노예 상태에서 구해 내려 제아무리 노력을 해봐야 어차피 그들은 죽어 없어질 것이니. 먼 미래에서 전 인류를 기다리고 있는 위대한 X에 대해서 생각해야만 합니다.

(나의 생활)

도스토옙스키

하지만 의사란 참회를 들어주는 성직자와 다를 바 없다는 말도 있는 것처럼, 사실을 숨긴다는 건 어리석은 일이고, 또 환자를 아는 것은 다름 아닌 의사의 의무이기도 하지 않는가?

(이중인격)

톨스토이

　절망으로 내몰린 처지에서 인간을 탈출시키는 첫 번째 혈로는 무지의 길이다. 이 길은 인생이 악이며 무의미한 것이라는 사실을 모르는 채로, 깨닫지 못한 채로 가는 방법이다. 거기에 속한 사람들은 그 대부분이 여성, 또는 아주 젊은 청년, 혹은 매우 우둔한 남성이다. 그 두 번째 혈로는 쾌락주의다. 이 길은 인생이 희망 없는 것이라는 사실을 알면서도 잠시 동안 이 지상에서의 현재의 행복을 즐기고, 용이나 쥐에게서도 눈을 돌려 최상의 방법으로, 특히 그것이 풍부하게 축적되었을 때 단번에 꿀을 실컷 먹으려고 하는 방법이다. 세 번째 혈로는 건강과 정력을 바탕으로, 몸으로 부딪쳐 가는 방법이다. 즉, 삶이 악이자 무의미한 것이라는 사실을 깨달음과 동시에 단번에 이것을 없애가는 방법이다. 이러한 방법을 취하는 것은 극히 소수의 강하고 야무진 성격의 소유자들이다. 네 번째 혈로는 철저하게 나약함에 기대는 방법이다. 인생이 악이자 무의미한 것임을 깨닫고는 있지만 어떻게 손을 쓸 수 없는 것이라 포기한 채로 그것을 확대해 가는 방법이다. 이것은 약자의 길이다.

(참회)

체호프

그들(스토아학파의 철학자)의 가르침은 이미 2천 년도 전에 정체한 채, 조금도 전진하지 않았어. 왜냐하면 그 가르침이 실제적이지 못하고 생활에 적합하지 않기 때문이지. 따라서 자신의 생애를 연구에 바쳤거나 모든 학자들의 사상을 맛보는 것으로 모든 날을 보냈던 소수의 사람들에게만 성공을 거뒀을 것임에 틀림없어. 대다수 사람들의 이해를 얻은 적은 단 한 번도 없었어. 부나 생활상의 편리함에 무관심하라거나 고뇌나 죽음을 경멸하라는 가르침은, 압도적인 대다수에게는 전혀 이해할 수 없는 것이야. 왜냐하면 사람들은 부가 무엇인지, 생활의 편리함이 무엇인지 알지 못한 채로 살아왔기 때문이야. 고뇌를 경멸하라는 것은 인생을 경멸하라는 말에 다름 아니야. 인간의 본질은 굶주림이나 추위나 굴욕이나 손해나 햄릿과 같은 죽음에 대한 공포에 의해 성립되는 것이니까. 그런 것들을 느끼는 것 속에 인생의 전부가 들어 있어. 인생을 귀찮다고 생각하거나 증오하는 것은 상관없지만 경멸해서는 안 돼. 맞아. 다시 한 번 말하겠지만 스토아학파의 가르침은 결코 장래성을 갖지 못해. 자네도 이해하고 있겠지? 세상의 처음부터 오늘

까지 투쟁, 아픔이라는 감각, 초조함에 대응하는 능력이
진보해 왔으니…….

(6호실)

도스토옙스키

범죄에는 '환경'이라는 것이 커다란 의미를 가지고 있다.

(죄와 벌)

범죄란, 외부에서 주어진 틀에 박힌 기성 제도의 개념으로 해석할 수 있는 것이 아니다.

(죽음의 집의 기록)

톨스토이

말은 사상의 표현이며, 사상은 신의 힘의 발현이다. 따라서 두말할 필요도 없이 표현되는 것과 일치해야만 한다.

(인생의 길)

말은 사상의 표현이기 때문에 인간과 인간을 연결하기도 하고 서로 떼어 놓기도 할 수 있다. 바로 그렇기 때문에 말에 대해서는 신중한 태도로 임해야만 한다.

(인생의 길)

말로 인간을 결합시킬 수도 있고 등지게 할 수도 있다. 또한 말로써 사랑에 봉사할 수도 있고 적의와 증오에 봉사할 수도 있다. 인간을 등지게 하는 말, 적의와 증오에 봉사하는 말은 경계할 필요가 있다.

(인생의 길)

체호프

저는 믿고 있습니다. 다음 세대는 좀 더 편안해질 것이며, 좀 더 사물의 이치가 잘 보이게 될 것이라고. 우리의 체험은 그들에게 도움이 될 겁니다. 하지만 미래의 세대는 차치하고 우리는 그들을 위해서만이 아닌 삶을 살아가고 싶습니다. 인생은 한 번밖에 주어지지 않습니다. 그것을 씩씩하게, 깊이 생각하며, 아름답게 살아가고 싶습니다. 훌륭한, 독립된, 고귀한 역할을 맡고 싶습니다. 미래의 세대들이 우리를, 보잘것없었다, 아니 그 이하였다고 말할 수 있는 권리를 갖지 못하도록, 역사를 만들어 가고 싶습니다. …… 저도 환경에서 오는 합목적성이다, 필연의 행보다, 라는 것을 믿고는 있습니다. 하지만 그 필연성이 저와 무슨 관계가 있습니까? 어찌 저의 '자아'를 없앨 수 있겠습니까?

(무명인의 말)

도스토옙스키

　이제 우리는 환경이 우리를 집어삼켰다는 등의 말을 무감정한 투로 호소하는 것을 적당히 그만두어야 한다. 환경이 우리가 가지고 있는 많은 것들을 집어삼키는 것이 설령 진실이라 할지라도 그렇게 무엇이든 닥치는 대로 집어삼키는 경우는 없으리라. 세상일에 밝고 산전수전 다 겪은 교활한 무리들, 특히 글을 잘 쓰거나 말주변이 좋은 사람의 경우에는 종종 이 환경이라는 것을 좋은 구실로 삼아 자신의 약점뿐만 아니라 그 비열한 행위까지도 변호할지 모르기 때문이다.

(죽음의 집의 기록)

톨스토이

　말이라는 것은, 우리가 거기에 고의로 잘못된 의미를 부여하지 않는 한 언제나 명확한 의미를 갖는 법이다.

(우리 무엇을 해야 하나)

　만약 내가 황제라면, 자신조차도 설명하지 못하는 말을 쓴 작가에게서는 글을 쓸 권리를 빼앗고, 채찍으로 백 대를 때리는 벌에 처하겠다는 법률을 공포하겠다.

(편지)

　만약 내가 대중잡지의 발행자라면 나는 잡지의 기고자에게 어떤 내용을 쓰든 상관없지만, 단지 완성된 잡지를 인쇄소에서 실어다 주는 짐마차의 마부도 알 수 있을 만큼 쉬운 말을 사용하기 바란다고 말할 것임에 틀림없다.

(편지)

체호프

고독한 생활을 보내고 있는 사람들은 마음속에 무언가 울적한 것이 있기 때문에 기회가 있을 때마다 그것을 사람들에게 이야기하려 하는 법이다.

(6호실)

틀림없이 좀 더 좋은 때가 올 겁니다! 제가 너무 평범하게 말해서 웃으실지도 모르겠지만 그건 아무래도 상관없습니다. 곧 새로운 생활의 새벽이 찾아오고, 진리가 승리를 거두고, 그리고 우리의 인생이 올 겁니다! 저는 그것이 오기 전에 죽어 버리고 말 겁니다. 그러나 그 대신, 누군가의 자손들이 그 시대와 만날 겁니다! 저는 그들에게 진심으로 인사를 보내며, 그들 때문에 진심으로 기쁩니다. 전진! 모든 친구 여러분. 신의 가호가 있기를 빕니다!

(6호실)

도스토옙스키

범죄는 언제나 범죄이며, 죄가 죄라는 사실에는 변함이 없다. 당신이 부도덕한 감정을 치켜 올려서 아무리 훌륭한 것으로 만들어내도, 그것이 부끄럽고 혐오스럽고 비열한 죄임에는 변함이 없다!

(네토츠카 네즈바노바)

톨스토이

인간은 누구나, 늘 자신의 말로 이야기해야만 한다.

(노트)

말은 인간 상호간의 지적 교류를 위한 유일한 수단이다. 이 교류를 가능하게 하기 위해서는 하나하나의 말에 대해서 정확하고 타당한 개념을 모든 사람들이 분명히 포착할 수 있도록 그 말을 사용해야만 한다.

(인생론)

인간은 말로써 사색한다. 말이 없으면 사상도 없다. 사상이야말로 나 개인, 그리고 모든 인류의 생활을 움직이는 원동력이다. 따라서 사상을 불성실하게 대하는 것은 커다란 죄다. 그리고 '말을 죽이는 것'은 '인간을 죽이는 것'에도 뒤지지 않을 만큼 커다란 죄다.

(편지)

체호프

참된 행복을 맛보기 위해서는 고독해져야만 한다. 타락 천사가 신을 배반한 것은 천사들이 알지 못하는 고독을 바랐기 때문이 아니었을까?

(6호실)

우리가 죽은 뒤에 사람들은 하늘을 날게 될 거야. 양복의 모습도 바뀌겠지. 어쩌면 제6감이라는 것이 나타나서 그것을 발달시킬지도 몰라. 하지만 인생은 역시 똑같을 거야. 신비에 넘친, 괴로운, 그리고 행복한 생활일 거야. 천 년이 지나도 사람들은 지금과 같이 '아아, 삶은 고통이다.'라고 한탄하겠지. 하지만 그와 동시에 지금과 마찬가지로 죽음을 두려워하며 죽고 싶어 하지 않을 거야.

(세 자매)

도스토옙스키

사람을 도우려면 우선은 그런 권리를 손에 넣을 필요가
있다.

(죄와 벌)

솔직하게 말해서 주의로서의 개인적인 자선에 저는 동감
할 수 없습니다. 왜냐하면 그것은 악을 뿌리째 뽑는 것이
아닐 뿐만 아니라, 오히려 그것을 한층 더 조장하는 것이기
때문입니다.

(죄와 벌)

톨스토이

입에 담지 않은 말은 황금이다.

(인생의 길)

사상이 확신이 되기 위해서는 언제나 일종의 특별한 경로를 지나야 한다. 대부분의 경우 그것은 전혀 뜻밖의 형식을 취하는 것으로, 가령 똑같은 확신에 도달하는 것이라 할지라도 다른 인간이 지난 길과는 전혀 다른 길이다.

(소년 시절)

무지한 사람에게도 자신의 생각을, 일반 서민들이 사용하고 있는 말로 전달할 수 있느냐 없느냐로 자신이 알고 있는 대상을 확실하게 자기 것으로 만들었는지를 판단할 수 있다.

(일기)

체호프

오레안다에서, 두 사람(구로프와 안나)은 교회와 그다지 멀지 않은 곳에 있는 벤치에 앉았다. 아래쪽에 있는 바다를 바라본 채 입을 다물었다. 아침 안개 속으로 얄타가 희미하게 보였으며 산의 정상에는 하얀 눈이 가만히 떠 있었다. 나뭇잎들도 움직이지 않았으며 매미가 울고 있었다. 밑에서 들려오는 단조롭고 공허한 파도소리는, 우리를 기다리고 있는 평안을, 영원한 잠을 이야기하고 있었다. 여기에 얄타도 오레안다도 아직 존재하지 않았을 때부터 밑에서는 이처럼 술렁이고 있었을 것이다. 이 공간에는, 우리 각 사람의 생사에 대한 이 완벽한 무관심 속에는 어쩌면 우리의 영원한 구제, 지상에서의 끊임없는 생활의 움직임, 끊임없는 완성에 대한 보증이 숨겨져 있는 것일지도 모른다. '이 동화 속과도 같은 환경, 바다와 산과 구름과 넓은 하늘 밑에서는,' 새벽빛을 받아 매우 아름답고 얌전하고 매력적으로 보이는 젊은 여성과 나란히 앉으면서, 구로프는 이렇게 생각했다. '생각해보면, 생존의 높은 목적이라든가, 인간의 존엄성이라든가 하는 것을 잊는다면 우리 자신이 생각하거나 행하는 것 이외의 세상 모든 것은 전부, 본질적으로는 훌륭한 것' 이라고.

(강아지를 데리고 있는 부인)

도스토옙스키

사람의 정이라는 것에는 사람을 영원히 타락시켜버리는 요소가 포함되어 있는 법이다.

(악령)

그때 나는 열다섯 살이었어. 열다섯과 스물하나라는 나이의 차이는 형제가 아무래도 친구가 될 수 없는 나이 때인 거겠지.

(카라마조프 형제)

톨스토이

손보다 혀에 더 많은 휴식을 부여하라.

(인생의 길)

신비성은 그 사람이 총명하다는 사실을 증거해주는 것이
아니다. 어떤 사람이 참으로 총명하다면 그 사상을 표현하
는 그의 말은 더욱 단순한 것이 되는 법이다.

(인생의 길)

우리는 장전된 총을 신중하게 다뤄야 한다는 사실을 알
고 있다. 그런데 말도 그와 마찬가지로 신중하게 다뤄야
한다는 사실은 알려고 하지도 않는다. 말은 사람을 죽일
수 있을 뿐만 아니라 살인보다도 더 나쁜 악을 행할 수도
있는 법이다.

(인생의 길)

체호프

머지않아 무덤에서 홀로 잠들게 되듯, 본질적으로 나는 지금도 혼자 살아가고 있는 것이다.

(수첩)

눈을 감지 않고 오랫동안 끝없이 펼쳐진 하늘을 보고 있었더니 머리와 마음이 하나로 녹아들어 혼자 남겨진 듯한 느낌이 들었다. 감당할 수 없을 정도로 혼자라는 느낌이 들기 시작했고, 전에는 친근하고 친밀하게 여겨졌던 모든 것들이 한없이 먼, 가치가 없는 것이 되어 갔다. 벌써 몇천 년 동안이나 하늘에서 내려다보고 있는 별이나 인간의 짧은 일생에 대해서 시치미를 떼고 있는 하늘과 어둠은, 똑바로 쳐다보고 그 의미를 알려고 하면 조용한 침묵으로 마음을 짓눌러 온다. 무덤 속에서 우리 한 사람 한 사람을 기다리고 있을 고독이 문득 머리에 떠올랐다. 그리고 인생의 본질은 절망적인, 무시무시한 것이라는 생각이 들었다.

(대초원)

도스토옙스키

　자선의 기쁨은 오만하고 부도덕한 기쁨입니다. 부자가 자신의 부와, 권력과, 자신의 사회적 지위와 가난한 사람의 지위에 대한 비교 등을 의식한 기쁨입니다. 자선은 주는 자와 받는 자 모두를 타락시킵니다. 또한 그것뿐만 아니라 그 목적을 달성할 수도 없습니다. 왜냐하면 그것은 단지 빈곤함의 정도를 더욱 심하게 할 뿐이기 때문입니다. 마치 일하지 않고 횡재를 하기 위해 도박사들이 카드테이블 주위로 몰려드는 것처럼, 일하기 싫어하는 게으른 자들이 자선을 베푸는 자 주위로 우글우글 모여듭니다. 그러나 그 무리들에게 던져주는 얼마간의 돈은 전체의 100분의 1도 만족시킬 수 없는 금액 아닙니까?

(악령)

톨스토이

때로는 침묵이 가장 좋은 대답이 되는 경우가 있다.

(인생의 길)

　시종일관 침묵을 지키거나, 그렇지 않다면 침묵보다 나은 말을 하도록 해야 한다.

(인생의 길)

　많은 말을 하는 사람은 조금밖에 행하지 않는다. 총명한 인물은 자신의 말이, 자신이 부여할 수 있는 것 이상의 것을 상대방에게 약속하지 않을까 늘 신경을 쓰고 그것을 두려워한다. 따라서 이러한 인물은 대부분의 경우 침묵을 지키며, 자신의 발언이 자신에게가 아니라 자신 이외의 사람들에게 필요할 경우에만 발언을 한다.

(인생의 길)

체호프

그리스도도 역시 울기도 하고, 웃기도 하고, 슬퍼하기도 하고, 화내기도 하고, 때로는 괴로워하기조차 하며 현실에 반응하지 않았는가? 그리스도는 미소 지으며 괴로움을 받아들이거나 죽음을 경멸하지는 않았어. 그리고 겟세마네 동산에서는, 이 잔을 내게서 지나가게 하옵소서, 라고 기도했어.

(6호실)

마르쿠스 아우렐리우스는 이런 말을 했어. '고통이란 고통에 대한 살아 있는 관념에 지나지 않는다. 너희의 의지로 이 관념을 바꾸려 해보기 바란다. 이 관념을 버리고, 덧없이 한탄하기를 그만두기 바란다. 그러면 고통은 곧 소멸될 것이다.'라고. 옳은 말이야. 현명한 사람이나 지적이고 생각이 깊은 사람이 타인들과 다른 점은 바로 실제로 고통을 경멸한다는 점이지.

(6호실)

도스토옙스키

　개인의 '자선'을 부정하는 사람은 인간의 본성을 부정하고 그 개인적 가치를 경멸하는 사람이야. 하지만 '사회적 자선', 조직과 개인의 자유에 관한 문제는 두 개의 서로 다른, 그리고 서로 그것이 없어서는 안 될 문제야. 개개인의 선행이라는 것은 언제나 존재하는 법이야. 왜냐하면 그것은 개성의 요구로, 하나의 개성이 다른 개성에게 직접적으로 영향을 주려 하는 살아 있는 요구이기 때문이야. 모스크바에 한 노인이 살고 있었어. '장군'이었으니, 그는 즉 황제가 임명한 사람이었는데 이름은 독일식이었어. 그 사람은 평생을 감옥과 범죄자 사이를 돌아다니며 살아왔어. 시베리아로 유배를 갈 죄인들의 무리는 모두가, 참새의 언덕으로 이 '장군 할아버지'가 틀림없이 자신들을 찾아올 것이라는 사실을 미리부터 잘 알고 있었어. 그는 그 일을 매우 성실하고 경건하게 해냈어. 그가 모습을 드러내면 그 주위로 몰려드는 유형수들 사이를 전부 돌며 한 사람 한 사람 앞에 멈춰 서서 뭔가 필요한 것은 없느냐고 자세하게 물었어. 훈화하는 듯한 말은 거의 한 번도, 누구에게도 한 적이 없었어. 그리고 상대가 누구든 상관없이 모두를 '자네'라고 불렀어. 그는 돈을 주기도 하고 필요한 물건, 그러니까 각반이라거나, 양말이라거나, 두꺼운 헝겊 등과 같은 물건을 보내주기도 하고, 때로는 정신수양을 위한 조그만 책을 가지고 가서 글을 읽고 쓸 줄 아는 사람 하나하나에게 나누어주기도 했어. 받은 사람들은 틀림없이 오며 가며 그것을 읽을 것이고, 또 읽고 쓸 줄 아는 남자가 읽고 쓸 줄 모르는 사람에게 읽어줄 것이라고 굳게 믿어 의심치 않았던 거야. 저지른 범죄에 대해서 꼬치꼬치 캐묻는 경우는 거의 없고, 단지 범죄를 저지른 사람이 스스로 이야기를 꺼내면 끝까지 들어주었어. 그에게는 모든 죄인이 전부 자신과 대등해서 전혀 차이가 없는 사람들이었던 거야. 그는 모든 사람들과 마치 형제하고 이야기를 나누듯 이야기를 나누었는데, 결국에는 모두가 그를 자신의 아버지라도 되는 양 스스로 생각하게 되어버렸어. 아기를 안고 있는 여자 유형수라도 눈에 띄면 그는 곁으로 다가가서 아기를 달래기도 하고 웃음을 자아내기 위해 손가락을 딱딱 울리기도 했어. 그는 이런 식으로 몇 년이고, 몇 년이고 죽는 순간까지 계속해서 행동했어. 그렇게 해서 결국은 전 러시아와 전 시베리아 사람들이, 즉 온갖 범죄자들이 그를 알게 되었어. 시베리아에 있었다던 한 남자가 자신의 눈으로 직접 본 일이라며 내게 들려주었는데, 악명 높은 범죄자들이 곧잘 그 장군을 떠올리곤 했다더군. 유형수들의 무리를 찾아가도 장군은 한 사람 앞에 20코페이카 이상은 거의 나누어주지 못했는

데도. 물론 떠올린다 할지라도 그것은 아주 열렬하다거나, 혹은 굉장히 진지하다거나 그런 것이 아니었다는 점은 사실이지만. 죄수 중에서 12명이나 되는 사람을 죽였다고 하는, 혹은 단지 자신의 재미를 위해서(그런 놈이 있다고 해) 6명이나 되는 아이들을 찔러 죽였다고 하는 어떤 남자가 갑자기, 그럴 만한 계기가 전혀 없었는데도 갑자기, 20년이라는 긴 세월 동안 아마 그 전에도 그 후에도 그런 일은 단 한 번뿐이었을 테지만, 어느 순간 갑자기 후 하고 한숨을 내쉰 뒤, "그 장군 할아버지는 지금쯤 어떻게 지내고 있을까? 아직 살아 있을까?"라고 말했다고 하더군. 어쩌면 그때 싱긋 웃음까지 지어보였을지도 몰라. 그 사람들이 떠올리는 것이라고는 기껏해야 이 정도일 거야. 그런데 말이지 그가 20년 동안이나 잊지 않았던 그 장군 할아버지가 어떤 씨앗을 영원히 그의 가슴속에 심었는지, 자네는 전혀 모르겠지? 한 개성의 다른 개성에 대한 이 합류가, 그 합류를 받은 개성의 운명에 어떤 의의를 갖게 되는지, 자네는 절대로 알 수 없겠지? ……거기에는 말이지 모든 인생과 우리의 눈에는 숨겨져 보이지 않는 헤아릴 수 없이 많은 작은 가지들이 있어. 가장 우수한 기사, 그 가운데서도 가장 형안을 가진 기사라도 겨우 몇 수 앞밖에는 읽지 못해. 10수 앞을 읽을 줄 알았던 한 프랑스의 기사를 마치 기적이라도 일어난 것처럼 떠들썩하게 보도하지 않았는가? 하지만 여기에는 몇 가지 수가 있는지, 그리고 우리에게 알려지지 않은 수는 또 몇 가지나 있는지? 씨앗을 던져서 '자선'을, 선행을, 설령 어떤 형식이라도 상관없으니 던져준다는 것은, 자기 개성의 일부를 주고 동시에 다른 사람의 개성 일부를 받아들이는 일이야. 사람은 서로 합류하게 되지. 조금만 더 주의를 기울이기만 한다면 사람은 그에 대한 보답으로 이번에는 지식을 얻게 되고 참으로 뜻밖의 발견을 하게 돼. 사람은 반드시 곧 자신의 행위를 과학을 대하는 것과 같은 눈으로 보게 돼. 그것이 사람의 전 생애를 붙들어 자신의 것으로 만들어버려, 그 전 생애를 충실한 것으로 만들 수가 있어. 한편으로 그 사람의 모든 사상, 그 사람에 의해서 던져진, 경우에 따라서는 벌써 까맣게 잊었을지도 모를 씨앗은 전부 피와 살이 더해져 성장해나가지. 남에게서 그것을 받은 사람은, 그것을 다시 다른 사람에게 전해주지. 다가올 인류 운명의 결정에 자네가 어떤 역할을 수행할지, 자네가 어찌 알 수 있겠는가? 가령 이와 같은 지식과 이와 같은 작용으로 가득 찬 일생이, 마침내 자네가 위대한 씨앗을 뿌릴 수 있는 데까지, 이 세상에 유산으로써 위대한 사상을 남길 수 있는 데까지 자네를 데려간다면 그때는……

(백치)

톨스토이

의론을 하는 동안 진리는 잊혀지고 만다. 보다 총명한 사람은 의론하기를 그만둔다.

(인생의 길)

해야 할 말을 하지 않았다며 후회하는 것이 백 번에 한 번 있다고 한다면, 입을 다물고 있어야 할 때 입을 열었다며 후회하는 것은 틀림없이 백 번 중에 아흔아홉 번 있을 것이다.

(인생의 길)

사람들은 어떻게 말해야 하는지를 학습한다. 하지만 무엇보다도 중요한 학문은 어떤 경우에 어떤 식으로 침묵을 지켜야 하는지를 아는 것이다.

(인생의 길)

체호프

나는 절망적이게도 운명의 얄궂은 장난에 홀로 통째로 던져진 남자라는 생각이 든다. 나의 이 고독, 지금의 고뇌 그리고 앞으로의 인생에서 기다리고 있을 것에 비하면 나의 모든 일, 소망, 지금까지 생각하고 말했던 것 전부는 하찮기 짝이 없는 것이다. 아아, 살아 있는 인간의 사업이나 사상은 그들의 슬픔보다 더 의미 있는 것이 아니다.

(나의 생활)

너의 슬픔은 그리 대단한 것이 아니야. 인간의 일생은 길다고. 앞으로도, 좋은 일도 있을 거고 나쁜 일도 있을 거야. 무슨 일이든 있을 수 있지. 어머니인 러시아는 거대해! ……

나는 러시아 전역을 돌아다니며 많은 것을 보아 왔기 때문에 거짓말은 하지 못해. 잘 들으라고. 좋은 일도 있을 거고 나쁜 일도 있을 거야.

(골짜기)

도스토옙스키

내가 지금 여기에 앉으며 나 스스로에게 어떤 말을 했는지 자네는 알 수 있겠는가? 설령 내가 인생에 대한 자신감을 잃고 사랑하는 여성까지도 의심하고 만물의 질서조차 믿지 못하게 되고, 반대로 어떤 질서도 없는, 저주받은, 그리고 심지어는 악마적이라고 해도 좋을 혼돈스러운 세계라고 확신하고, 인간에 대한 환멸의 공포라는 공포에 사로잡힌다 할지라도, 그래도 나는 여전히 살아 있고 싶다. 이 커다란 잔에 일단 입을 댄 이상, 그것을 전부 마셔버리기 전까지는 결코 입을 떼지 않겠다! 라는 것이었어. 물론 나이가 서른에 가까워지면 전부를 마셔버리지 않아도 틀림없이 그 커다란 잔을 버리고 어디로 갈지는 알 수 없는 일이지만……, 어쨌든 그 곁에서 떠나버릴 것만은 틀림없어. 그러나 이건 분명히 알고 있는 일인데 서른 살이 될 때까지는 분명히 내 젊음이 모든 것을 정복할 거야. 온갖 환멸도, 인생에 대한 그 어떤 혐오감도 말이지.

(카라마조프 형제)

톨스토이

식후의 수면은 은, 식전의 수면은 금.

(전쟁과 평화)

어떤 경우라 할지라도 인사는 부족한 것보다 지나친 편이 낫다.

(전쟁과 평화)

미친 사람에 대한 최선의 대답은 침묵이다. 만약 대답을 했다면 당신의 그 한마디 말은 반드시 미친 사람에 의해서 다시 당신에게 돌아올 것이다. 모욕으로 모욕에 답하는 것은 불에 장작을 던져 넣는 것과 같은 것이다.

(인생의 길)

체호프

　어쩌면 우리도, 존재하고 있는 것처럼 보이는 것일 뿐, 실제로는 없는 것일지도 몰라. 나는 아무것도 모르겠어. 아무도 아는 사람은 없지.

(세 자매)

　어떻게 해도 모스크바에는 갈 수 없다면, 그것도 하는 수 없지. 그것이 운명일 테니 어쩔 수 없을 거야. …… 모든 것이 신의 뜻일 테니.

(세 자매)

　부디 행복하시길……. 그렇게 걱정할 필요 없어요. 신께서 도와주시고말고요……. 괜찮아요……. 이 세상 모든 일에는 끝이라는 게 있어요.

(벚꽃 동산)

도스토옙스키

가령 내가 만물의 질서를 믿지 않는다 할지라도 나는 봄이 되어 진득진득 이제 막 올라오기 시작한 새싹이 귀히 여겨져. 새파란 하늘이 귀히 여겨져. 때로는 말이지, 어떤 이유에서인지도 모르는 채로 사랑하고 있는 어떤 종류의 사람들이 귀히 여겨져. 그리고 어떤 때는 벌써 오래 전부터 그 의의를 믿지 않게 되어버렸을지도 모르는데 그저 달콤한 추억 때문에 감정적으로 여전히 존중하고 있는 어떤 종류의 인간적 위업을 귀히 여기고 있어…….

(카라마조프 형제)

톨스토이

인내와 시간, 이것이 나의 두 가지 무기다.

(전쟁과 평화)

재난에게는 지는 편이 좋다. 머지않아 재난이 네게 지게
될 것이다.

(촛불)

아무리 훌륭한 계획이라 할지라도 말을 해버리면 그것을
실행하고자 하는 희망이 사라져버리게 된다. 그러나 청년
시절의 고상한 자기만족에 대한 충동의 발로를 어찌 제지
할 수 있겠는가? 오랜 세월이 지나서 그것을 회상했을 때에
야 비로소, 참을 수가 없어서 싹이 나오기도 전에 꺾어 버린
꽃이 시들고 짓밟혀 땅바닥에 버려진 것을 발견했을 때처
럼 쓸쓸한 회한을 느끼게 되는 것이다.

(인생의 길)

체호프

제아무리 오랫동안 계속 된다 할지라도 세상의 모든 일에는 끝이 찾아온다.

(다락방이 있는 집)

무슨 일에나 익숙해지는 법이야! 지금 너는 아직 젊고, 어리석고, 입술에 우유가 마르지 않아서, 어리석음 때문에 너보다 불행한 사람은 없다고 생각하겠지만, 때가 오면 너 스스로가 이렇게 말할 거야. 모든 이에게 이런 인생을 부여하라고. 나를 봐. 일주일만 지나면 얼었던 물도 흐르려 할 거고, 이 강변에 수증기도 피어오를 거야. 너희는 모두 시베리아를 돌아다니게 되겠지만, 나는 여기에 남아 기슭에서 기슭을 오가는 사공. 벌써 22년째 이렇게 살고 있어. 덕분에 말이지. 내게는 아무것도 필요치 않아. 너희들에게도 이런 인생을 맛보게 하고 싶을 정도야.

(유형지에서)

도스토옙스키

　다른 사람들에게는 또 다른 화제도 있을 테지만, 우리 같은 풋내기들에게는 그것과는 또 다른 화제가 있어. 우리는 무엇보다 영원이 개벽하기 이전의 문제를 해결하지 않으면 안 돼. 이게 우리들이 해야 할 일이야. 현재 러시아의 젊은 세대들은 단지 영원의 문제에 대한 논의에만 빠져 있어. 그것도 모든 노인들이 갑자기 실제적인 문제에 흥미를 느껴 관심을 갖게 된 현대에 있어서 말이야.

(카라마조프 형제)

톨스토이

후회는 앞서 생기지 않는 법이라고들 하지만 후회에는 결코 늦는 법이 없다.

(안나 카레니나)

성공을 결정하는 첫 번째, 그리고 유일한 조건은 인내다. 그리고 그것의 가장 큰 적은 성급함이다.

(일기)

언뜻 매우 고결하게 보이는 것이라 할지라도 영원히 타인의 눈을 피해서 개인의 마음속에 숨겨 두어야만 하는 많은 것들을 헛되이 고찰의 재료로 삼는 것은 유해한 일이지만, 그것을 입에 담는 것은 더욱 많은 폐해를 가져다준다. 그것은 고결한 행위와 일치하지 않을 뿐만 아니라 훌륭한 의향이라 할지라도 그것을 입에 담음으로 해서 실현이 어려워지고, 대부분의 경우는 불가능하게까지 되는 것이다.

(청년 시절)

체호프

살아갑시다. 길고 끝도 없이 계속되는 하루하루를, 언제 밝을지 모를 수많은 밤을, 살아가도록 합시다. 운명이 우리에게 내리는 시련을 강한 인내심으로 견뎌 갑시다. 지금도, 나이를 먹은 후에도, 한시도 쉬지 말고 사람들을 위해서 일합시다. 그리고 언젠가 죽을 때가 오면 조용히 죽어 갑시다.

(큰아버지 바냐)

진실을 탐구할 때 사람들은, 두 걸음 전진했다가는 한 걸음 뒤로 물러난다. 고뇌와 실수와 삶에 대한 권태가 그들을 뒤로 되돌린다. 하지만 진실에 대한 갈망과 불굴의 의지가 앞으로, 앞으로 나가게 한다. 그리고 누가 알겠는가? 그들은 참된 진실까지 나갈 수 있을지도 모른다.

(결투)

도스토옙스키

　나는 유럽에 가고 싶어, 지금 당장 출발할 생각이야. 하지만 내가 가 닿을 곳은 단지 무덤에 지나지 않는다는 사실은 나 역시도 아주 잘 알고 있어. 그런데 그것은 무엇보다도, 무엇보다도 존귀한 무덤이야. 알겠는가? 거기에는 귀중한 사람들이 잠들어 있어. 그 사람들 위에 서 있는 비석어느 것을 봐도 그들이 지내온 날들의 불타오를 것 같은 생활을 이야기하고 있어. 자신의 위업, 자신의 진리, 자신의 투쟁, 자신의 과학에 대한 뜨거운 불과 같은 믿음을 이야기하고 있어. 나는 벌써부터 잘 알고 있는데, 틀림없이 땅바닥에 엎드려서 그 비석에 입맞춤하고 그들을 위해서 눈물을 흘릴 거야. 하지만 그와 동시에 그러한 것들은 먼 옛날부터 단순한 무덤에 지나지 않았으며, 그 이상은 아무것도 아니라는 사실도 진심으로 믿어 의심치 않을 거야. 그리고 내가 눈물을 흘리는 것은 결코 절망 때문이 아니라 내가 흘린 눈물로 행복감을 맛보기 위한 것에 지나지 않을 거야. 즉, 자신의 감정에 취하려는 거야. 나는 이른 봄의 진득진득한 새싹을, 파란 하늘을 사랑해. 단지 그것뿐이야! 거기에는 지성도 없고 논리도 없고, 있는 것이라고는 단지 내부에서

솟아오른, 막으려야 막을 수 없는 사랑뿐이야. 이제 막 눈을 뜬, 자신의 젊디젊은 힘에 대한 사랑이 있을 뿐이야.

(카라마조프 형제)

톨스토이

　수치스러움을 경험해본 사람이라면 누구나 알고 있는 일이지만, 그 감정은 시간에 정비례해서 커지며 결단력은 시간에 반비례해서 작아진다. 즉, 수치스러움이 계속되면 계속될수록 그것은 더욱 억제하기 어려워지며, 결단력은 더욱 적어지게 되는 법이다.

(유년 시절)

　타인에게 거짓말을 하는 것은 나쁜 일이다. 하지만 자기 자신에게 거짓말을 하는 것은 그것보다 훨씬 더 나쁘다. 이와 같은 거짓이 특히 유해한 것은, 타인에게 거짓말을 하는 경우에는 그래도 타인이 그 거짓말을 폭로해주지만 자신에게 거짓말을 할 경우에는 그 거짓말을 폭로해줄 사람이 아무도 없기 때문이다.

(참회)

체호프

　마리아는 자신이 불행한 여자라고 생각하고 있었기 때문에 빨리 죽고 싶다고 말하곤 했다. 반대로 페클라는 자신의 생활 전부가 마음에 들었다. 가난도, 불결함도, 끊이지 않는 욕설도. 그녀는 더 많은 것을 바라지 않고 주어진 것을 먹었으며, 어디에서나 상관없이 잠을 잤다. 구정물을 현관 옆으로 흘려보내기도 했고, 문턱에서 뿌려 버리기도 했으며, 심지어는 맨발로 웅덩이를 건너기도 했다. 그랬기 때문에 그녀는 첫날부터 이런 생활을 마음에 들어 하지 않았던 올리가와 니콜라이를 미워했다.

(농민들)

　제목 - 구즈베리. X는 관청에 근무하고 있으며, 굉장한 구두쇠로, 돈을 모은다. 꿈 - 결혼을 하고, 영지를 사고, 양지에서 잠을 자고, 푸른 풀 위에서 마시고, 손으로 만든 스튜를 먹는 것. 25세. 40세. 곧 40세도 지난다. 그는 이미 결혼을 거부하고, 단지 영지를 살 꿈에만 젖어 있다.

　드디어 60세. 수백 데샤친(1데샤친은 약 1.092헥타르).

숲, 강, 연못, 제분소가 있는 영지의 유망하고 매혹적인 광고를 수없이 읽는다. 퇴직. 부동산업자를 통해서 연못 옆의 조그만 영지를 산다. …… 자신의 정원을 돌아다니다 무엇인가가 부족하다고 느낀다. 구즈베리가 부족하다는 사실을 깨닫고 식목업자에게 사람을 보낸다. 2, 3년 뒤, 위암에 걸려 죽음이 멀지 않았을 때 그 앞으로 구즈베리를 담은 쟁반이 들어온다. 그는 차갑게 그것을 바라본다. …… 옆방에서는 벌써 가슴이 넓은, 조카에 해당하는, 신경질적인 여자가 집안 살림을 하고 있다(구즈베리를 심고, 가을과 겨울 동안 병상에 누워 있었으며, 이제 설 수도 없게 된다. 구즈베리가 담긴 쟁반을 보고 ─이것이 결국, 인생이 내게 준 것의 전부인가). 그는 몰락한 지주의 아들로 종종 시골에서 지냈던 유년시절을 떠올리곤 했다11).

(수첩)

---

11) 이 줄거리를 바탕으로 『구즈베리』라는 걸출한 단편을 썼다. 그리고 수첩에는 다음과 같은 메모도 있다. ─'구즈베리는 떫었다. 이 무슨 어처구니없는, 이라고 관리는 말했다. 죽었다.'

도스토옙스키

그런데 러시아의 풋내기들이 지금까지 어떤 일을 해왔다고 생각하나? ……녀석들이 얼마 되지 않는 시간을 아껴서 대체 어떤 논의를 갑자기 시작했다고 생각하나? 그건 하나같이 전 인류에 관한 문제야. 다시 말해서 신은 있다거나, 불사는 있다거나 하는 문제들이야. 신을 믿지 않는 녀석들은 사회주의네, 아나키즘이네 하는 문제를 들고 나와서 전 인류를 새로운 조직에 따라서 변혁해야 한다는 이야기를 시작해. 그런데 어느 쪽이든 결론은 마찬가지여서 결국은 같은 문제로 귀착해버리게 돼. 단지 출발점이 다르다는 것뿐이야. 이렇게 수많은, 매우 특이한 재능을 타고난 수많은 러시아의 젊은이들이 현대의 우리나라에서는 오로지 영원의 문제에 대해서 격렬하게 논의를 주고받는 일에만 열중하고 있어.

(카라마조프 형제)

톨스토이

한 사람이 불필요한 것을 많이 품고 있으면, 그만큼 다른 많은 사람들이 필요한 것을 얻지 못하게 된다.

(인생의 길)

독자 여러분, 여러분은 인생의 어떤 시기에 사물을 보는 자신의 견해가 갑자기 급변했다는 사실을 깨닫게 되는, 그런 경험을 하신 적이 있었는지? 이전까지 낯익었던 것들이 갑자기 뒤바뀌어 전혀 알지 못했던 새로운 반면을 보고 있는 것 같은 그런 정신적인 변화가 이번 여행 도중에 내 마음에서 일어난 것이다. 나는 이것을 소년 시절의 시작이었다고 생각한다.

(소년 시절)

체호프

　나의 경험이 쓸데없는 것은 아니었다. 나의 커다란 불행과 나의 인내가 주민들의 마음을 움직여서 이제는 더 이상나를 '조그만 이익'(그다지 도움이 되지 않는 남자라는 정도의 뜻)이라고 부르지 않게 되었으며 나를 비웃는 사람도 없었다. 나는 상점가를 걸어도 이제는 물을 뒤집어쓰지 않게 되었다. 내가 노동자가 되었다는 사실에도 모두가 익숙해졌기 때문에 귀족인 내가 페인트가 든 통을 들고 돌아다녀도, 유리를 끼우고 있는 모습을 봐도 이상하게 생각하는 사람은 없었으며 오히려 그쪽에서 먼저 주문을 해주게되었다. 지금의 나는 레디카의 뒤를 잇는 훌륭한 기술자이자 뛰어난 청부업자라고 생각한다. 레디카는 몸이 완전히회복되어 여전히 발판도 없이 종루의 둥근 지붕을 칠하고있지만 이제 젊은이를 다룰 힘은 남아 있지 않았다. 그를대신해서 지금은 내가 마을을 돌아다니며 주문을 받아 오기도 하고, 기술자들을 고용하기도 하고, 분배하기도 하고,높은 금리로 돈을 빌리기도 한다. 청부업자가 된 지금에서야 나는, 별것 아닌 주문을 위해서도 3일 동안이나 마을을돌아다니며 지붕 고치는 사람을 찾아내야 한다는 사실을 알게 되었다. 사람들은 내게 정중했고, '당신'이라 부르며 이야기를 했고, 일을 해주는 집에서도 차를 대접했으며, 식사는 어떻게 할 것이냐고 묻기 위해 사람을 보내기도 했다. 사내아이나 여자아이들도 종종 재미있다는 듯 찾아와서 가엾다는 듯이 나를 바라보았다.

한번은 도지사의 정원에서 일을 했는데, 정자 대리석의 밑을 칠하고 있을 때였다. 지사가 그것을 보고 정자 쪽으로 다가와, 특별히 할 일이 없었기 때문에 나와 잡담을 나눴다. 예전에 내가 그에게 불려가 잔소리를 들었던 일을 생각하게 하려 했지만 그는 잠시 내 얼굴을 보다가 입을 O자처럼 만들더니 양 팔을 벌리며 말했다.

"기억이 안 나는걸!"

나는 늙었고, 묵묵해졌으며, 근엄해졌고, 좀처럼 웃지 않게 되었다. 나도 레디카를 닮기 시작한 모양이다. 그처럼 무익한 잔소리로 젊은이들을 따분하게 만들고 있다.

(나의 생활)

도스토옙스키

　병적인 상태에 있을 때 꾸는 꿈은 종종 이상한 입체감과 선명함과 현실에 대한 커다란 유사성을 그 특색으로 가지고 있는 법이다. 때로는 참으로 기괴한 장면이 형성되는 경우도 있는데 그러한 때에도 주위의 정황이나 그 장면, 장면의 전 과정은 참으로 정확하고 또 매우 섬세하고 전혀 생각지도 못했던, 그러나 그 사실적인 장면에 예술적으로 조화된 세세함을 가진 것으로, 그것은 그 꿈을 꾼 본인이 설령 푸시킨이나 투르게네프와 같은 예술가라 할지라도 도저히 현실에서는 생각해낼 수 없을 정도의 것이다. 이와 같은 꿈, 이와 같은 병적인 꿈은 언제나 오래도록 기억에 남아 어지러워진, 이미 흐트러져버린 인간의 유기적 조직체에 강렬한 인상을 남기는 법이다.

(죄와 벌)

톨스토이

유년 시절에 인간이 가지고 있던 해맑음, 사심 없음, 사랑에 대한 욕구, 신앙의 힘, 이와 같은 것이 언젠가 되살아날 때가 있을까? 더할 나위 없이 훌륭한 두 가지 미덕, 사심 없는 쾌활함과 무한한 사랑에 대한 욕구만이 인생의 원동력이었던 이 시기보다 더 나은 시기가 과연 존재하기나 할까?

(유년 시절)

어린이는 어른보다 총명하다. 어린이는 인간에게 지위나 신분이 있다는 사실을 이해하지 못한다. 어린이는 자기 내부에 살고 있는 영과 같은 영이 모든 인간의 내부에도 살고 있다는 사실을 마음으로 느끼는 것이다.

(인생의 길)

체호프

다섯 명의 남자 형제를 가진, 아직 여학생인 가난한 여자가 돈이 많은 관리의 집으로 시집을 간다. 관리는 빵 한 조각에도 잔소리를 하고, 말을 들으라고 하고, 감사를 하도록 명령하고(그녀를 행복하게 해주었기 때문에), 그녀의 부모님들을 조소한다. '사람은 누구나 자신에게 상응하는 의무를 가지고 있어야 한다.'고 곧잘 말한다. 그녀는 다시 예전의 가난으로 돌아가는 것이 두려워서 거역하지 못한다. 어느 날 장관으로부터 무도회에 초대받는다. 무도회에서 그녀는 열렬한 찬사를 받는다. 장관은 그녀에게 반해버린다. 그녀는 그의 정부가 된다(이제 그녀는 모든 것을 보장받게 되었다). 장관이 그녀의 눈치를 살피게 되자 그녀는 남편에게 있어서 자신이 필요한 존재가 되었다는 사실을 깨닫는다. 그러자 그녀는 경멸의 마음을 담아서 남편에게 이렇게 말하게 된다. "저쪽에 가 있어. 이 떠빌이!"

(수첩)

도스토옙스키

물론 저도, 유령은 병든 사람에게만 나타나는 법이라는 설에는 동의합니다. 그러나 그것은 유령은 병든 사람이 아니면 나타나지 않는다는 사실을 증명할 뿐이지, 유령 그 자체가 존재하지 않는다는 사실을 증명하는 것은 아니니까요.

(죄와 벌)

톨스토이

　12세에서 14세까지의 어린이, 즉 인생의 과도기를 맞이한 소년들은 방화나 살인에 대한 특수한 경향을 가지고 있다고 한다. 그것은 목적도 없고 피해를 주어야겠다는 소망도 없는, 그저 별 생각 없는 단순한 호기심, 무의식적인 활동의 요구에 기인한 범죄다. 인간의 생애에는 미래가 굉장히 어두운 것으로 느껴져, 그곳으로 사색의 눈을 돌리기조차 두려운 그런 순간이 있는 법이다. 그럴 경우 인간은 이성에 의한 활동이 완전히 정지되어 미래도 없고 과거도 없었던 것이라며 자기 자신을 납득시키려 노력한다. 사상이 의지의 결정 하나하나를 비판하기를 그만두고 단지 육체적 본능만이 생활의 유일한 도약판이 된다. 그러한 순간, 인생 경험이 없는 아이, 특히 그런 기분에 빠지기 쉬운 아이는 망설임이나 공포도 느끼지 않고 호기심 어린 미소를 지으며 진심으로 사랑하는 부모형제가 잠들어 있는 자기 집 마루 밑에 고목을 모아 불을 지를 가능성도 있는 것이다.

(소년 시절)

체호프

나의 좌우명 – 나는 아무것도 필요로 하지 않는다.

(수첩)

책의 새로운 페이지를 하나하나 읽어 나갈 때마다 우리
는 더욱 풍성하고, 더욱 강하고, 더욱 높아져 간다!

(편지)

살아야 하지 않겠는가? 태양은 하루에 두 번 오르지 않으
며, 인생은 두 번 주어지지 않는다. 너희에게 남겨진 인생의
시간을 정확히 파악해서 그것을 구원하기 바란다.

(어떤 사람의 말)

도스토옙스키

'유령은 말하자면 저세상의 조그만 조각이자 단편이자, 그 시작이다. 건강한 사람에게는 물론 그런 것이 보일 리 없다. 왜냐하면 건강한 사람은 이 지상적 색채가 가장 농후한 사람이기 때문이다. 따라서 생활의 충실, 생활의 질서를 위해서 이 지상의 생활만을 생활의 내용으로 삼아야 한다. 그런데 조금이라도 병에 걸려, 유기적 조직체의 지상적 기본 질서가 조금이라도 파괴되면 곧 저세상의 가능성이 모습을 드러내기 시작한다. 그리고 병이 깊어지면 깊어질수록 저세상과의 접촉도 더욱 많아지게 된다. 그렇게 해서 인간의 숨이 완전히 끊어지면 그대로 곧 저세상으로 옮겨 가게 되는 것이다.' 저는 이 사실에 대해서 꽤 오래 전부터 여러 가지로 생각을 해왔습니다. 만약 내세를 믿는다면 이와 같은 생각도 역시 믿게 되는 것입니다.

(죄와 벌)

톨스토이

소년기의 나의 사색은 나이와 처지에 어울리지 않는 것이었다. 하지만 사람의 처지와 그 정신적 활동에 일치가 결여되어 있다는 사실은, 그 진실함을 증명하는 가장 올바른 징후라고 생각한다.

(소년 시절)

인간은 젊은 시절에는 아직 이지(理智)라는 것을 존중하고 그 힘을 과신하고 싶어 하는 법이다. 젊었을 때 인간의 마음속 모든 힘은 미래로 향한다. 그런데 그 미래는 과거의 경험을 기초로 한 것이 아니라 가상적인 행복의 가능성 위에 세워진 희망의 지배를 받기 때문에 이상할 정도로 변화가 심하고 생생하고 매력적인 형태를 취한다. 그렇기 때문에 단순히 미래의 행복을 상상하고, 그것을 함께 이해하고 나누는 것만으로도 그 시대의 참된 행복이 되는 것이다.

(소년 시절)

체호프

저를 밥벌레라는 둥, 주정뱅이라는 둥, 경박하다는 둥 뭐라고 책망하셔도 상관은 없지만, 사람들이 어떻게 봐줬으면 좋겠다거나, 어떻게 보이고 싶다거나 하는 소망만은 가지고 있지 않습니다.

(프레시체예프12) 앞)

제게 있어서 가장 성스러운 것은 인간의 신체이자, 건강이자, 이지이자, 재능이자, 영감이자, 사랑이자, 절대적인 자유이자, 그것이 어디에 나타나든 힘과 거짓에서 자유로운 것입니다. 만약 대예술가가 된다면 이것이 제가 지키고 싶은 방침입니다.

(프레시체예프 앞)

---

12) 프레시체예프(1825~1893). 시인, 번역가, 편집자.

톨스토이

젊은 남자에게 있어서 총명한 여성과의 교제만큼 도움이 되고, 또한 필요한 것도 없다.

(전쟁과 평화)

훌륭한 신분을 가진 뛰어난 한 사람의 여성과 관계를 맺는 것만큼 젊은 남자의 교육에 도움이 되는 것도 없다.

(참회)

인간은 청춘의 힘을 평생 한 번밖에 가질 수가 없다. 그 것은 지력이나 정신력, 교양의 힘이 아닌, 두 번 다시 반복 되지 않는 폭발적인 힘이다.

(코사크)

체호프

독제정치와 거짓이 우리의 소년 시절을 심하게 일그러뜨렸기 때문에 떠올리기조차도 혐오스럽고 두려워.

식사를 하다가 아버지께서 스프가 너무 짜다고 소란을 피우시며 어머니에게 멍청이라고 소리쳤을 때 우리가 느꼈던 공포와 혐오감을 생각해봐. 지금은 그 아버지도 그런 행동은 하지 않으시게 되었지만.

(형 알렉산드르 앞)

톨스토이적 모럴은 나의 마음을 움직이기를 그만두었다. 마음 깊은 곳에서 나는 그것에 대해 호의적이지 않다. ……

내 속에는 농민의 피가 흐르고 있다. 농민적인 선행에는 놀라지 않는다. 나는 소년 시절부터 진보를 믿어 왔으며 믿지 않을 수가 없었다. 왜냐하면 내가 맞으며 자랐던 시기와 맞지 않게 된 시기의 차이가 너무나도 컸기 때문이다.

(스보린 앞)

톨스토이

장엄한 노년이 있다. 추악한 노년이 있다. 비참한 노년이 있다. 추악하고 그러면서도 장엄한 노년도 있다.

(홀스토메르)

우리 노인들이 필요한 이유는, 말하자면 너희 청년들의 혈기에 넘치는 마음을 억누르고 자신의 경험으로 너희들을 지도하기 위해서다.

(빛이 있는 동안 빛 속을 걸어라)

젊은이들이 웃으며 흥겨워 하는 모습을 보고 즐거워할 수 있는 성향은 지극히 선량한 노인에게서만 볼 수 있는 특질이다.

(청년 시절)

체호프

📖

제 이력서가 필요하다고요? 다음과 같습니다. 출생은 18
60년. 타간로크에서. 1879년 타간로크 중학교 졸업. 1884
년 모스크바 대학 의학부 졸업. 1888년 푸슈킨 상 수상.
1890년 시베리아를 경유해서 사할린으로 여행. 귀로는 바
닷길을 택함. 1891년 유럽으로 유람, 훌륭한 술과 굴을 먹
음. 1892년 치호노프와 이름의 날을 축하하며 크게 놂. 집
필의 시작은 1879년 『잠자리』 지를 통해서. 나의 문집은
『잡화집』, 『황혼에』, 『단편집』, 『우울한 사람들』, 중편 『결
투』. 적당히 하기는 했지만 극작에도 붓을 놀렸다. 외국어
를 제외한 국내의 모든 언어로 번역되었다. 단 아주 오래
전에 독일어로 번역된 것도 있다. 체코인이나 세르비아인
들도 호의를 갖게 되었다. 프랑스인들로부터도 공감을 얻
고 있다. 사랑의 비밀을 처음으로 알게 된 것은 13세.

(치호노프[13] 앞)

---

13) 치호노프 ── 우라미르 알렉세비치(1857~1914). 작가.

톨스토이

보통 보수주의자는 대부분 노인이며 진보주의자는 대부분 청년이다, 라고 여겨지고 있다. 그러나 이것은 완전히 옳은 것이라고는 할 수 없다. 보수주의자는 대부분 젊은이들이다. 젊은 사람들은 살고 싶다는 소망이 앞서서 어떻게 살아야 할지에 대해서 생각하지 않으며 또한 생각할 시간도 없다. 그렇기 때문에 실제로 거기에 있는 재래의 생활을 그대로 자신의 본보기로 선택하는 것이다.

(악마)

체호프

만약 루블 동전이나 50코페이카짜리 은화가 모이면 바로 그쪽으로 보내드리겠습니다. 어쨌든 제게 지시를 내려 주십시오. 어떤 일이든 제가 할 수 있는 일이 있다면 정말 다행이겠습니다. 믿어 주십시오. 이렇게 말씀드리는 것은 지금까지 굶주린 사람이나 구원활동을 펼치고 있는 분들을 위해서 저는 아무것도 한 것이 없기 때문입니다14).

(에고로프15) 앞)

나는 기억하고 있어. 아버지가 나를 가르치기 시작했을 때, 아니 솔직하게 말해서 때리기 시작했을 때 나는 아직 다섯 살도 되지 않았었던 것을. 아버지는 나를 채찍으로 때렸으며 귀를 잡아당겼고 머리를 때렸어. 매일 아침 눈을 뜨면 나는, 오늘도 맞는 것이 아닐까, 생각하곤 했어. 놀거

---

14) 1890~1891년에 중부 러시아를 덮친 대흉작 때 체호프는 이처럼 겸손하고 성실한 제안을 했다. 콜레라 방역 때도 그는 무상으로 헌신적인 봉사를 했다. 이처럼 따뜻한 마음은 그대로 그의 모든 작품의 저변에 흐르고 있다.
15) 에고로프(?~?). 니제고로트 지방 자치회의장.

나 농담을 할 수도 없었지. 아침의 근행과 점심의 근행을 갔다가 성직자의 손에 입을 맞추고 집에 돌아오면 찬송가를 불러야만 했어. 자네는 종교심이 있어서 그런 것들을 모두 좋아하겠지만, 나는 종교를 두려워하고 있어. 교회 곁을 지날 때면 나는 어렸을 때가 떠올라 기분이 상하곤 해. 여덟 살이 되었을 때 나는 창고로 내몰려 다른 사환들처럼 일을 했어. 그것은 건강을 해칠 정도였어. 왜냐하면 나는 거기서도 거의 매일 매를 맞았기 때문이야. 드디어 중학생이 되자 오전에는 공부를 하고 오후부터 밤까지는 계속해서 창고에 앉아 있어야만 했어. 대학에서 야르체프를 만나기 전까지는 그런 날들이 계속 되었지. 야르체프가 아버지의 집에서 나오라고 나를 설득했어16).

(3년)

---

16) 『3년』의 이 부분에는 체호프 자신의 일이 상당히 반영되어 있다. 전부가 소년 시절에 대한 회상이라고 봐도 좋을 것이다.

내일 무엇을 해야 할지 모르는 사람은 불행하다.

― 고리키

제4장

인간에 대하여

도스토옙스키

인간이라는 것은 상대방을 서로 괴롭히기 위해서 만들어진 것이다.

(백치)

인간이라는 것은 때로 누군가가 호되게 야단을 쳐주었으면 좋겠다는, 참을 수 없는 욕구를 느끼는 적이 있는 법이다.

(학대받은 사람들)

조금이라도 유리한 모습으로 자신을 소개하고 싶지 않은 사람이란, 이 세상 어디에도 존재하지 않는 법이다.

(약한 마음)

톨스토이

이해할 수 없는 것, 그것은 인간이다.

(도박사의 수기)

이 세상에 예언자는 없다. 그렇기 때문에 인간은 모두 문제가 일어난 뒤에 허둥대는 것이다.

(청년 시절)

인간은 제 각각 자신의 재판관을 가지고 있다. 양심이 그것이다. 우리가 높이 사야 할 것은 오직 양심의 평가뿐이다.

(인생의 길)

체호프

'인간에게는 3아르신(2.133㎡)의 땅만 있으면 된다.'
'그건 인간에게가 아니라 사체에게다. 인간에게는 지구
전부가 필요하다17).'

(수첩)

러시아인들의 말을 듣고 있으면 아내 때문에 고민하고
있고 집안일 때문에 고민하고 있다는 사실을 알 수 있다.
땅 때문에 고민을 하고 있다고 하고 말 때문에 고민을 하고
있다고도 한다.

(수첩)

러시아인에게는 고도로 고상한 사고형식이 갖춰져 있다.
그런데 생활 속에는 왜 이렇게도 고상한 것이 부족한 것일
까?

(수첩)

---

17) 간소한 생활을 주장한 톨스토이의 말을 비꼰 것. 체호프다운 현실
　　주의를 엿볼 수 있다.

도스토옙스키

인간은 무슨 일에나 적응하는 동물이다. 나는 이것이야말로 인간에 대한 가장 어울리는 정의라고 생각한다.

(죽음의 집의 기록)

인간이란 놈들은 뭔가 나쁜 짓을 해서 일이 아주 성가시게 될 것이라고 멀리서부터 느낌이 전해지면, 순간 마치 폭풍 앞의 새처럼 되어버리는 법이다.

(정직한 도둑)

어엿한 인간이 가장 커다란 만족감을 가지고 이야기할 수 있는 것은 대체 무엇일까?

답 — 자기 자신에 대한 것이다.

(지하생활자의 수기)

톨스토이

우리 생애의 초기에 성장하는 것은 육체뿐이다. 그렇기 때문에 우리는 자신의 육체만이 자신이라고 생각한다.

(인생의 길)

인간은 우쭐해질 때만큼 이기주의자가 될 때도 없다. 그럴 때면 세상에 자신만큼 훌륭하고 재미있는 사람도 없다는 생각이 드는 법이다.

(코사크)

인간이라는 것은 실제로 그 어떤 불량배라 할지라도 억지로 찾아보면, 어떤 면에서 자신보다 떨어지는 불량배를 발견해서 우쭐해 하기도 하고 자만심에 빠지기도 할 이유를, 언제나 생각해낼 수 있는 법이다.

(크로이체르 소나타)

체호프

우리의 자만심과 자신감은 유럽적이지만 발단과 행위는
아시아적이다.

(수첩)

외국에 있는 러시아인 - 남자는 러시아를 정열적으로
사랑하고, 여자는 러시아를 잊고 사랑하지 않게 된다.

(수첩)

무슨 얘기를 해야 좋을지 모르겠다. 이처럼 아무런 의견
도 없다는 것은 그 얼마나 무시무시한 것인가?

(귀여운 여인)

좋은 싸움보다 나쁜 평화가 낫다는 말도 있고, 영지를
사기보다는 이웃을 사라는 말도 있습니다.

(새로운 별장)

도스토옙스키

　인간이란 기적을 부정하자마자 바로 신까지도 부정하는
법이다. 왜냐하면 인간이란 신보다도 오히려 기적을 원하
는 법이기 때문이다.

(카라마조프 형제)

　인간은 애초부터 반역자로 태어 것이다. 그런데 반역자
가 과연 행복해질 수 있을까?

(카라마조프 형제)

　인간의 가장 커다란 공로는, 어쩌면 인생에 있어서 자신
을 언제나 보조자에만 한정시켜두는 것에 있을지도 모른
다.

(학대받은 사람들)

톨스토이

인간은 오래 살면 오래 살수록, 열락(悅樂)은 점점 줄어들고 권태, 포만, 노고, 고뇌가 점점 증대한다는 사실을 더욱 명료하게 알게 될 것이다.

(인생론)

장수를 하면 인간은 몇몇 단계를 지나게 된다. 즉, 우선은 아기, 그리고 어린이, 그 다음 어른, 그리고 노인의 단계를. 하지만 인간이 어떤 단계를 경과하든 그는 자신을 언제나 '나'라고 말한다. 그리고 그 '나'는, 그 사람에게 있어서는 어떠한 경우에라도 동일하다. 유년기에도, 성인기에도, 노년기에도 똑같은 '나'가 존재한다. 그리고 이 변하지 않는 '나'가 바로 우리가 영이라고 부르는 것이다.

(인생의 길)

체호프

예전에는 인간이 단순하고 생각해야 할 것도 적었기 때문에 문제도 대담하게 해결했었다. 하지만 우리는 너무나도 지나치게 많을 것을 생각하기 때문에 논리라는 것에 고통을 겪고 있다. …… 인간은 발달하면 발달할수록 생각해야 할 것이 많아지며, 자세히 알면 알수록 더욱 결심을 하기 어려워지고, 의심이 깊어져 더욱 소심하게 일을 처리하게 된다. 실제로 잘 생각해 보면, 사람에게 무엇을 가르치거나, 어떤 것을 판단하거나, 두꺼운 책을 쓰거나 하기 위해서는 얼마나 많은 용기와 자신감을 필요로 하는지…….

(가정에서)

도스토옙스키

비열한 사람은 성실한 사람을 좋아하는 법이다.

(백치)

사람은 누구나 자신이 옳다고 느끼면 자연스러운 결과로 마침내 열중을 하게 되는 법이다.

(악어)

인간은 안이함과 사치라는 습관에 물들기 쉬운데, 그 사치가 점점 필요불가결한 것으로 바뀌어가면 나중에 거기서 벗어나기가 참으로 어려워진다.

(백치)

톨스토이

인생을 이해하지 못한 사람들의 활동은, 그 생존의 모든 기간을 통해서 자신의 생존을 위한 싸움에, 쾌락의 획득에, 고통에서의 자기 구출에, 피할 수 없는 죽음으로부터의 도피에 활용된다.

(인생론)

날개가 불에 탄다는 것을 모르기 때문에 나비나 나방은 불로 뛰어드는 여름 벌레가 된다. 그리고 물고기는 그것이 자신의 파멸을 가져다준다는 사실을 모르기 때문에 낚싯바늘의 지렁이를 덥석 물어 버린다. 그러나 우리 인간은 육욕이 반드시 우리를 속박해 결국에는 파멸로 이끌어 간다는 사실을 알고 있으면서도 거기에 몸을 맡겨 버린다.

(인생의 길)

체호프

　자연은 매우 좋은 진정제입니다. 그것은 사람의 마음을 풀어 줍니다. 즉, 사람에게 평정을 되찾게 해줍니다. 이 세상에서는 평정이 필요합니다. 오직 평정한 사람만이 사물을 분명하게 볼 수 있고 공정할 수 있으며, 일을 할 수가 있는 것입니다. 물론 이것은 오직 현명하고 고상한 사람들에게만 해당되는 말인데, 에고이스트들이나 공허한 사람들은 그렇게 하지 않아도 무슨 일에나 너무나도 평정하기 때문입니다[18].

(스보린 앞)

---

18) 이것은 체호프의 모든 편지 중에서도 특별히 중요한 것 가운데 하나다. 이 '평정심'에 대한 찬미는 체호프의 전 생애에 걸쳐서 볼 수 있는 처세 태도로 그는 늘 격정과 흥분을 억누르고 현상의 밑바닥을 차분하게 꿰뚫어 보려 노력했다. 한편으로는 활발한 성격을 가지고 있었으면서도 한편으로는 그것을 강한 의지로 평정하게 억눌러 인간과 인생을 응시했다. 코로렌코가 '우울하고도 활달한 사람'이라고 평한 데도 다 이유가 있다. 체호프는 작품에서도 작가의 주관적인 표현을 극도로 경계했던 것처럼, 현실에서도 값싼 도취를 보이지 않았다. 사상에도, 술에도, 그리고 여자에도…….

도스토옙스키

사람의 머릿속이 텅 비면 빌수록 그것을 채우려는 갈망을 느끼는 일은 더욱 적어지는 법이다.

(악어)

인간의 성격이란 공짜로 주어지는 것이 아니다. 그것은 전부 오랜 세기에 걸쳐서 만들어진 것이다. 오랜 세기에 걸쳐서 길러진 것이다. 국민성을 개조한다는 것은 쉬운 일이 아니다. 피와 살에 섞여버린 수 세기에 걸친 습관에서 빠져나오기란 그렇게 간단한 일이 아니다.

(겨울에 쓰는 여름의 인상)

인간이란 영원히 변하지 않는 법이며, 인간을 개조한다는 것은 누구도 할 수 있는 일이 아니야. 애써 헛수고를 하는 것이나 다를 바 없는 일이지! 그래, 틀림없는 사실이야! 이것이 인간의 법칙이야…….

(죄와 벌)

톨스토이

깨끗한 마음을 가진 사람이 이 세상에서 성공하는 경우는 없다.

(전쟁과 평화)

이 세상에서 성공을 거두는 것은 비열하고 더러운 인간들뿐이다.

(전쟁과 평화)

모든 인간은 오스트리아인이기 이전에, 세르비아인이기 이전에, 터키인이기 이전에, 중국인이기 이전에 우선은 인간이어야만 한다.

(인생의 길)

체호프

톨스토이의 딸들을 보고 있으면 기분이 매우 좋아집니다. 그녀들은 자신들의 아버지를 존경하고 광신적일 정도로 믿습니다. 이것은 톨스토이가 실제로 위대한 정신적 힘이라는 사실을 의미하고 있습니다. 만약 그 사람이 성실하지 않고 결점이 있다면 누구보다도 먼저 딸들이 그에게 회의적인 태도를 보였을 것입니다. 왜냐하면 딸들은 참새와 같다고 할 수 있어서 쭉정이로는 속일 수 없기 때문입니다. …… 약혼자나 애인이라면 뜻대로 속일 수도 있고, 사랑하는 여자의 눈에는 멍청이도 철학자로 보이기도 하겠지만 딸들은, 다릅니다.

(스보린 앞)

도스토옙스키

인간이란 무료하면 무슨 일을 저지를지 정말 알 수 없는 법입니다.

(가난한 사람들)

우리 노인, 그러니까 중년의 노인들은 오래된 것에 대해서 마치 피를 나눈 것처럼 묘하게 친근감을 느끼는 법이니까요.

(가난한 사람들)

인간이란 어찌 보면 참으로 신기한 것입니다. 정말, 참으로 신기한 것입니다. 무슨 말을 할지, 무슨 말을 꺼낼지 그야말로 알 수 없는 일입니다! 그런데 그 결과 어떻게 되는지, 그것이 어떤 결과를 낳는지? 이러쿵저러쿵할 필요도 없습니다. 그 결과는 너무나도 어처구니가 없어서, 신이시여 제발 도와주소서, 라고 외치고 싶어질 뿐입니다.

(가난한 사람들)

톨스토이

건강하지 못한 것은 바보나 방탕한 사람뿐이다.

(전쟁과 평화)

군중이란 설령 선한 사람들만 모였다 할지라도 동물적인 추악한 면만으로 결합되어 있는 것이어서 인간 본성의 약점과 잔인함만을 드러내는 법이다.

(루체른)

세상에는 좋은 일을 하는 데 언제나 세상 사람들의 눈을 필요로 하는 부류의 사람들이 있다. 그리고 그들은 세상 사람들이 좋다고 하는 것만을, 좋다고 생각하고 있다.

(유년 시절)

체호프

선의를 가진 친척들이나 의사들이 망아(忘我)나 영감을 병으로써 치료하지 않았다는 것은, 부처나 마호메트나 셰익스피어에게 있어서 그 얼마나 다행스러운 일인가? 만약 마호메트가 신경을 안정시키기 위해서 브롬카리를 복용하고 하루에 두 시간밖에 일을 하지 않으며 우유만을 마셔댔다면 그의 사후에는, 그의 개가 죽은 후에 남은 것 정도밖에는 아무것도 남지 않았을 것이다.

(검은 옷의 사제)

도스토옙스키

참으로 인간이란 걸핏하면 자신의 감정을 완전히 오해해 버려서 황당하기 짝이 없는 엉뚱한 소리를 해대는 경우가 있는 법입니다. 그건 다름 아니라 어리석은 정열이 넘쳐나는 데서 일어나는 일입니다.

(가난한 사람들)

아아, 인간은 어찌 이리도 사악하단 말인가? 선량한 사람이 된다는 것은 이다지도 멋지고, 이다지도 기분 좋은 일이거늘, 어째서 나는 늘 사악한 인간이 되어버리고 마는 것일까?

(스체판치코보 마을과 그 주민)

내 물론 철학자는 아니지만, 그 어떤 사람이라 할지라도 보기보다 훨씬 더 많은 선량함을 가지고 있는 법이라고 나는 생각하네.

(스체판치코보 마을과 그 주민)

톨스토이

참된 정신병자, 그것은 의심할 여지도 없이 다른 사람에게서는 정신착란의 징후를 찾아내고 자신에게서는 그것을 찾아내지 못하는 사람들이다.

(악마)

좋지 않은 바퀴일수록 덜컥덜컥 소리를 낸다. 속이 차지 않은 이삭일수록 고개를 높이 치켜든다. 어리석고 저급한 인간도 마찬가지다.

(인생의 길)

멸망하고 싶지 않다고 생각하는 사람은 그래도 구원할 길이 있다. 하지만 심성이 완전히 썩어서 파멸 자체가 구원인 것처럼 착각하고 있는 인간에게 대체 무엇을 해줄 수 있단 말인가?

(안나 카레니나)

체호프

자신의 하찮음을 인식하는 건 좋아. 하지만 어떤 경우에 좋은 건지 알고 있나? 아마도 신 앞이나, 이성 앞이나, 아름다움이나 자연 앞에서지 사람들 앞에서는 아닐 거야. 사람들 사이에서는 자신의 존엄성을 잘 알고 있어야만 해19).

(동생 미하일 앞)

나는 무관심해진다는 것에 대해서 자랑을 하고 싶은 마음은 없지만, 단 인생에 대해서만은 객관적인 태도를 취하고 싶다. 객관적일수록 과오에 떨어질 위험은 더욱 적어지게 되는 법이다. 근원을 보고 각 현상 속에서 모든 원인의 원인을 추구해야만 한다.

(무명인의 말)

---

19) 이것은 지금 남아 있는 체호프의 편지 중 가장 오래된 것. 당시 체호프는 19세. 동생 미하일에 대한 간절한 충고가 담겨 있다.

도스토옙스키

영리하게 행동하기 위해서는, 단지 영리하기만 해서는 안 된다.

(죄와 벌)

나약한 사람이란 혼자서는 견딜 수 없는 법이다. 나약한 사람에게 모든 것을 주어보면 안다. 곧 스스로 찾아와서 전부를 돌려주고 말 테니. 나약한 사람에게 지상의 왕국을 절반 정도 자유롭게 할 수 있게 해보면 안다. 시험 삼아 해보기 바란다. 당신은 어떻게 할 것이라 생각하는가? 그 사람은 곧 당신의 구두 속으로 모습을 감춰버리고 말 것이다. 그 정도로 작아져버리는 법이다. 그리고 그에게 자유를 주어보면 안다. 그 나약한 사람에게. 그는 스스로 그 자유를 속박해서 원래대로 되돌리기 위해 찾아올 것임에 틀림없다. 어리석은 사람에게는 자유조차 아무런 도움이 되지 않는다!

(여주인)

톨스토이

눈이 보이는 사람은 자신 앞에 보이는 것을 이해하고 그것을 결정한다. 맹인은 자신의 앞을 지팡이로 더듬어 지팡이의 촉각이 전해 주는 것 외에는 아무것도 없다고 판정한다.

(인생론)

인간에게는 자살 가능성이 주어져 있다. 따라서 인간은 자신을 죽일 수도 있다(즉, 자살할 권리를 가지고 있다). 그리고 인간은 끊임없이 이 권리를 행사하여 결투나 전쟁으로, 혹은 한심한 생활로, 또는 보드카나 담배 등으로 자신의 생명을 스스로 단축시키고 있다.

(자살에 대해서)

체호프

지금 내가 상상하고 있는 것이나, 지금은 있을 것 같지도 않은, 지상의 것이 아닌 것처럼 보이는 것도 전부 본질적으로는 아주 평범한 것이다.

(입맞춤)

나는 어디에 있는가, 아아?! 나를 둘러싸고 있는 것은 속악(俗惡)한 것들뿐이다. 따분하고 하찮은 무리들과 크림이 든 항아리와 우유가 든 병과 빈대와 어리석은 여인들이다. …… 속악처럼 무시무시한 것, 모욕적인 것, 슬픈 것도 없다. 여기서 도망치자. 오늘, 도망치자, 그러지 않으면 나는 미쳐버릴 것이다.

(문학교사)

도스토옙스키

영리한 사람은 진심으로 다른 사람인 척하지 못한다. 다른 사람인 척할 수 있는 것은 오직 바보뿐이다.

(지하생활자의 수기)

40년 이상이나 살아가다니 무례하다, 비열하다, 부도덕한 일이다. 40년 이상이나 살아가는 것은 대체 어떤 놈이냐? 진지하게, 솔직하게 답해보기 바란다. 어떤 놈이 살아가는지, 그럼 내가 말해주기로 하겠다. 살아가는 것은 멍청하고 변변치 못한 놈들뿐 아니냐.

(지하생활자의 수기)

톨스토이

'인간은 누구나 어떤 특정한 특질을 가지고 있다. 즉, 인간은 선한 사람인지 악한 사람인지, 어리석은지 현명한지, 둔감한지 정력적인지 등과 같은 식으로 나눌 수 있다.'는 생각은 어디서나 흔히 볼 수 있는, 세상에 널리 퍼져 있는 미신 중 하나다. 하지만 인간은 결코 그런 존재가 아니다. 우리는 한 인간에 대해서 저 사람은 악한 사람일 때보다 선한 사람일 때가 더 많다거나, 어리석을 때보다 현명할 때가 더 많다거나, 둔감할 때보다 정력적일 때가 더 많다는 식으로는 말할 수 있다. 그리고 그 반대의 경우에 대해서도 물론 그렇다. 하지만 우리가 한 인간에 대해서 그는 선한 사람이라거나 현명하다거나, 또 다른 인간에 대해서 그는 악한 사람이라거나 어리석은 사람이라고 말한다면 그것은 잘못일 것이다. 그럼에도 불구하고 우리는 인간을 곧잘 이런 식으로 분류한다. 이것은 옳지 않다. 인간은 강과 같은 것이다. 물은 어떤 강의 물도 똑같으며 어디서도 특별히 변하지 않는다. 그러나 강 자체에는 조그만 강도 있고 커다란 강도 있으며, 물살이 빠른 강도 있고 느린 강도 있다. 물이 맑은 것도 있고 흐린 것도 있으며, 물이 차가운 강도 있고 따뜻한 강도 있다. 인간도 이와 같다. 즉, 인간이라면 누구나 인간의 모든 특질의 싹을 가지고 있기 때문에, 어떨 때는 어떤 특질이, 또 어떨 때는 다른 특질이 나타나 실제로는 한 사람의 똑같은 인간이면서도 알아보지도 못할 정도로 전혀 다른 인간이 되는 경우가 많은 것이다.

(부활)

체호프

올리비엘(주인공의 여동생-기혼녀-을 빼앗아 도망친 남자)의 행위는 비인간적이기는 하지만, 어쨌든 그래도 그는 자신의 문제를 풀지 않았는가? 하지만 나는 무엇 하나 풀지 못하고 그저 복잡하게만 만들고 있을 뿐이다. 그는 자신이 생각한 것을 말하고 행동으로 옮겼다. 그러나 나는 생각한 것이 아닌 것을 말하고 행동으로 옮기고 있다. 그렇다. 틀림없이 나는 내가 무엇을 생각하고 있는지조차도 알지 못하는 것이다.

(이웃사람)

도스토옙스키

19세기의 인간은 도덕적으로 말해서도 특히 무성격적인 존재여야 한다는 의무를 지고 있다. 성격을 가진 인간, 즉 활동가는 무엇보다 먼저 틀에 갇힌 무료한 존재여야만 한다.

(지하생활자의 수기)

사람은 몸가짐을 바로 해야 한다. 몸가짐이 바르지 못하다는 것은 곧 자신에게 무르다는 증거로, 나쁜 버릇은 사람을 망치고 엉망으로 만들어버리는 법이다.

(가난한 사람들)

톨스토이

　내게 있어서 이성은 삶의 창조자여야만 한다. 따라서 이성이 없다면 삶도 역시 존재할 수 없다.

(참회)

　이성은 삶의 아들이다. 삶이 전부이다. 이성은 삶의 열매에 다름 아니다.

(참회)

　아아, 인간의 이성이여, 그것은 빈약하고, 가엾게 여겨야 할 정신활동의 태엽에 지나지 않는다!

(소년 시절)

체호프

자유롭지 못한 사람들에게는 언제나 개념의 혼란이 있다.

(수첩)

그는 갑자기, 다른 세상으로 가보고 싶어서 견딜 수가 없었다. 어딘가 공장이나 커다란 직장에서 스스로 일해보기도 하고, 강단에서 이야기해보기도 하고, 책을 써보기도 하고, 인쇄해보기도 하고, 소란을 피워보기도 하고, 피곤에 절어보기도 하고, 고통을 맛보기도 하기 위해서.

(문학교사)

도스토옙스키

즉, 서로 알게 된 처음 무렵에는, 당신도 잘 아시는 바와 같이 사람은 자칫 어딘가 무분별하고 멍청한 사람이 되기 쉬운 법으로, 잘못된 관찰을 하기도 하고 엉뚱한 것을 보기도 하는 법입니다.

(죄와 벌)

지적으로 성숙하여 확고부동한 사람은 자기 자신에 대한 끝도 없는 엄격함이 없으면, 그리고 사소한 일에도 증오를 느낄 만큼 자신을 경멸하지 않으면 허영심 강한 사람이 되어버릴지도 모르는 법이다.

(지하생활자의 수기)

톨스토이

인간의 이성은 감정과는 독립하여 생활하고 있기 때문에 종종 감정을 모욕하는 관념, 감정으로는 이해할 수 없는 잔혹한 관념을 허용하는 법이다.

(소년 시절)

모든 인간은 인류 전체의 이성이 만들어낸 것은 전부 이용할 수 있다. 그리고 그것을 이용해야만 한다. 하지만 그와 동시에 인류 전체가 만들어낸 것을 자신의 이성으로 점검해 봐야만 한다.

(인생의 길)

체호프

만약 당신이 가정의 열쇠를 맡고 있다면 그것을 우물
속에 집어 던지고 나가시기 바랍니다. 그리고 자유로워지
시기 바랍니다. 바람처럼.

(벚꽃 동산)

기쁨이 과연 초자연적인 감정일까? 그것이 인간의 평범
한 상태여서는 안 되는 것일까? 인간은 지성이나 정신이
발달할수록 더욱 자유로워지고, 더욱 커다란 만족을 인생
으로부터 부여받게 되는 법이다.

(검은 옷의 사제)

도스토옙스키

인간의 지혜에는 중요한 것과 중요하지 않은 것, 두 가지 지혜가 있다.

(백치)

인간의 지혜란 자신이 원하는 곳에 도달하기 위해서 주어진 것이다. 1km의 거리를 걸을 수 없다면 단 100걸음이라도 나아가야 한다. 누가 뭐래도 그러는 편이 당연히 좋다. 만약 목적을 향해서 나아가고 있다면 그만큼 목적에 가까워진다. 그러나 어떻게 해서든 한달음에 목적에 도달하려 하는 것은, 내 생각을 말하자면 그것은 지혜도 그 무엇도 아니다.

(겨울에 쓰는 여름의 인상)

톨스토이

'살해하지 말라'는 말은 인간에 대해서만 적용되는 것이 아니라 생명이 있는 모든 것에 대해서 한 말이다. 이 계명은 돌판에 새겨지기 이전에 먼저 사람의 마음에 새겨진 것이다.

(인생의 길)

인간의 이성이란, 개인의 경우도 대집단의 경우와 똑같은 발육과정을 밟는 것 같다는 생각이 든다. 그리고 여러 가지 철학이론의 근본이 되고 있는 사상은 이성의 나눌 수 없는 일부분을 구성하고 있는 것으로 각각의 사람은 철학적 이론의 존재를 알기 전부터 그와 같은 사상을 얼마간 의식하는 듯하다.

(크로이체르 소나타)

체호프

저금국(貯金局) — 아주 선량한 한 관리는 저금국을 경멸하며 그것을 필요 없는 것이라 생각하고 있다. 그럼에도 불구하고 그는 거기서 일하고 있다.

(수첩)

연극평론가인 N은 여배우인 X와 동거하고 있다. 축하행사. 희곡은 저급하고 연기도 무능. 하지만 N은 칭찬할 수밖에 없다. 그는 간단하게 이렇게 썼다. '희곡도, 여배우도 대성공. 자세한 것은 내일'이라고. 마지막 말을 쓴 뒤 훅 하고 한숨을 쉬었다. 이튿날, X를 찾아간다. X는 문을 열고 입맞춤과 포옹을 허락한 뒤 뾰로통한 얼굴로 이렇게 말한다.

"자세한 것은 내일!"

(수첩)

도스토옙스키

인간에게 있어서 양심의 자유만큼 매혹적인 것도 없지만, 한편으로는 그만큼 괴로운 것도 또한 없다.

(카라마조프 형제)

인간에게 있어서 정신이 자유롭지 못하다는 것은 그 어떤 육체적 결핍보다도 훨씬 더 견디기 어려운 일이다.

(죽음의 집의 기록)

아무래도 인간은 쓸쓸한 겨울이나 가을 햇살보다, 반짝거리는 태양의 빛을 받을 때 자유를 더욱 동경해서, 자신의 불행을 한탄하는 법인 듯하다.

(죽음의 집의 기록)

톨스토이

　자유롭고 싶다면 자신의 욕망을 억누르도록 자신을 길들여야 한다.

(인생의 길)

　자유를 갖지 못한 인간은 생명을 잃은, 인간 이외의 인간이라고밖에 달리 생각되지 않는다.

(전쟁과 평화)

　인간에게 있어서 가장 중요한 것은 그 무엇에도 구속받지 않고 자유로운 것, 타인의 의지에 따르지 않고 자신의 의지대로 살아가는 것이다.

(인생의 길)

체호프

Z는 여자 방문객이 많다는 사실에 질겁을 해서 프랑스 여자를 고용했다. 그녀는 첩인 척, 월급을 받으며 그의 집에서 살았다. 그 사실은 여자들에게 충격을 주었고, 그의 집에 찾아오지 않게 되었다.

(수첩)

Z는 키스로보드스크나 다른 휴양지에서 22세 소녀와 관계를 맺는다. 가난하고 성실한 여자였기에 그는 그녀를 가엾이 여겨 옷장이라도 사라며 돈을 25루블 더 주고는 선행을 베푼 듯한 기분으로 그녀에게서 떠난다. 다음 기회에 그녀가 사는 곳에 들러 보니 그가 준 25루블로 산 고가의 재떨이와 모피 모자는 있었지만, 소녀는 여전히 굶주리고 있었으며 뺨은 홀쭉했다.

(수첩)

도스토옙스키

완전히 공상의 세계에 빠져 있었고, 오래도록 자유에서
멀어져 있었기 때문에 우리 감옥에 있는 사람에게는 자유
라는 것이 진짜 자유보다, 즉 실제로 현실에 존재하는 자유
보다 한층 더 자유로운 것으로 여겨졌다.

(죽음의 집의 기록)

죄는 인간 그 자체에 있다. 원래 인간에게는 천국이 주어
져 있었는데, 자신들이 불행해질 것을 잘 알면서도 자유를
위해서 천국의 불을 훔쳤기 때문이다.

(카라마조프 형제)

톨스토이

평안하고 자유롭게 살고 싶다면 없어도 상관없는 것들을 신변에서 멀리해야 한다.

(인생의 길)

악을 폭력으로 갚지 않는 것, 폭력과 싸우지 않고 모든 폭력에 참고 견디는 것, 바로 이것이 인간 고유의 참된 자유에 도달하는 유일한 방법이다.

(세상의 종말)

체호프

현명한 자는 배우려 하고, 어리석은 자는 가르치려 한다.

(수첩)

그녀는 나를 돈 때문에 사랑했다. 즉, 내가 마음으로는 가장 사랑하지 않는 것 때문에.

(수첩)

보수적인 사람들이 나쁜 짓을 그다지 하지 않는 것은 소심해서 자신감이 없기 때문으로, 악을 행하는 것은 보수적인 사람들이 아니라 교활한 사람들이다.

(수첩)

도스토옙스키

　세상에는 모든 일에 하나에서부터 열까지 전부 만족해서 어떤 상황에도 바로 적응해버리는 성격을 가진 사람도 있는 법이다.

(스체판치코보 마을과 그 주민)

　세상에는 아주 기묘한 일에서 특별한 기쁨이나 흥미를 발견해내는 이상한 성격을 가진 사람이 있는 법이다. 취한 농부의 찌푸린 얼굴이나, 길거리에서 발이 걸려 넘어진 사람이나, 두 아낙의 말다툼이나, 그 외에도 이와 비슷한 일들이, 어떤 이유에서인지는 모르겠으나 어떤 종류의 사람들의 마음속에 무엇인가를 계기로 더없이 선량한 환희를 불러일으키는 경우가 있다.

(스체판치코보 마을과 그 주민)

톨스토이

노동에서 오는 기쁨은 자존심이 느끼는 기쁨이며, 사교에서 오는 기쁨은 허영심이 느끼는 기쁨이다.

(이반 일리치의 죽음)

그가 말하는 영달이란 별다른 것이 아니었다. 본질적으로 어떤 일을 해낼 수 있는 능력이 없는 사람이라는 사실은 스스로도 분명히 알고 있지만, 과거의 경력과 그 관등 덕분에 면직되지 않을 뿐만 아니라 오히려 일부러 그를 위해서 안출된 이름뿐인 의자의 주인으로서 이름만이 아니라 고액의 봉급, 6천 루블이라는 연봉을 받으며 한가롭게 말년을 보낼 수 있는, 그런 지위에까지 이르는 것이었다.

(이반 일리치의 죽음)

체호프

주인이 죽었는데도 수목들은 왜 이다지도 화려하게 번성
하는가?

(수첩)

명성은 자네에게 미소 짓지 않을 걸세. 대리석으로 만든
기념비에 자네 이름이 새겨진다 할지라도 머지않아 시간이
도금과 함께 그 문구를 닳아 없어지게 할 텐데 왜 그런
것에 마음을 빼앗기고, 즐거워하며, 교훈적인 의미를 찾아
내려 하는 건가? 그리고 다행스러운 것은 인간의 빈약한
기억력이 자네의 이름을 기억해두기에는 자네와 같은 사람
들이 너무나도 많다는 사실일세.

(검의 옷의 사제)

도스토옙스키

　세상에는 자신을 모욕당하고 박해받는 사람이라 생각하여 그것을 입 밖에 내어 호소하거나, 세상으로부터 인정받지 못하는 자신의 커다란 재능을 한없이 숭상하여 마음속에서 은밀히 자신을 위로하기 아주 좋아하는 성격을 가진 사람도 있는 법이다.

(네토츠카 네즈바노바)

　세상에는 태어날 때부터 더없이 아름다운 여러 가지 자질을 타고난, 신의 은총을 한몸에 받아 그것이 언젠가는 좋지 않은 쪽으로 변할지도 모른다고는 도무지 생각할 수조차 없을 것처럼 여겨질 정도의 사람도 있는 법다.

(죽음의 집의 기록)

톨스토이

허영심은 동물적 욕망에 대한 제일가는, 그것도 가장 야만적인 진압방법이다.

(인생의 길)

허영심이란 참된 슬픔과는 완전히 모순되는 감정이다. 하지만 그와 동시에 이 감정은 인간의 본성에 강하게 뿌리내리고 있기 때문에 극도로 강한 슬픔을 느끼는 경우라 할지라도 이 감정이 완전히 내쫓기는 경우는 거의 드물다. 슬픔을 느끼는 경우 허영심은, 남들에게 비탄에 잠겨 있는 것처럼 보이고 싶다거나, 가엾은 사람으로 보이고 싶다거나, 야무진 사람으로 보이고 싶다는 등의 어떤 소망으로 표현된다. 이처럼 천박한 소망은, 스스로는 깨닫지 못하지만 제아무리 강한 슬픔을 느끼는 순간이라 할지라도 언제나 반드시 우리를 따라다니며 그 슬픔으로부터 힘과 존엄과 성실함을 빼앗아 버린다.

(유년 시절)

체호프

악에는 저항할 수 없어도 선에는 저항할 수 있는 법.

(수첩)

타락과 무감동이 있는 곳에는 성적 패륜이 있고, 식어버린 방탕이 있고, 임신 중절이 있고, 조로가 있고, 불평하는 청년이 있고, 예술의 저하, 과학에의 무관심이 있습니다. 거기에는 온갖 형태의 불공정이 있습니다.

(스보린 앞)

도스토옙스키

세상에는 모욕감을 쉽게 느껴 화를 내는 자신의 성격 속에서 커다란 만족을 찾아내는 사람이 있는 법이다. 특히 그것이 극점에 달할 때는 그 만족스러움 또한 각별한 것이다(이러한 사람은 또 언제나 매우 빨리 그렇게 되는 법이다). 그럴 때면 그에게는 모욕을 당하는 것이 모욕을 당하지 않는 것보다 훨씬 더 기분 좋은 일이 아닐까 여겨질 정도다. 이렇게 화를 잘 내는 사람들은 말할 필요도 없이, 총명하고 필요 이상으로 10배나 화를 냈다는 사실을 분별할 줄 아는 사람이라면, 나중에 늘 후회를 곱씹는 것과 같은 무시무시한 괴로움을 맛보는 법이다.

(백치)

톨스토이

허영, 허영, 곳곳에서 허영의 시장이 펼쳐지고 있다. 관의 끝에 이르기까지, 혹은 숭고한 신념을 위해서 흔쾌히 죽음을 각오한 사람들 사이에까지 허영은 깊이 뿌리를 내리고 있다. 허영심! 그것은 현대의 전형적인 특징이자 특수한 병임에 틀림없다. 조상들 사이에서는 왜, 천연두나 콜레라에 대한 이야기처럼 이 무시무시한 욕망을 부르는 소리가 귀에 들어오지 않았던 것일까? 현대에는 왜, 세 부류의 인간들밖에 존재하지 않는 것일까? 첫 번째 부류의 인간들은 허영심의 조짐을 필연적으로 이 세상에 존재하는, 따라서 정당한 것으로 받아들여 아무런 거리낌 없이 거기에 따른다. 두 번째 부류의 인간들은 그것을 불행한 것이라고 인정하면서도, 도저히 극복할 수 없는 인간의 조건으로 받아들인다. 그리고 세 번째 부류의 인간들은 아무런 자각도 없이 그것의 영향 속에서 그대로 노예적으로 행동한다.

(5월의 세바스토폴리)

체호프

　나는 마을 안에서 성실한 남자를 한 명도 보지 못했다. 우리 아버지는 뇌물을 받았으며, 그것을 자신이 훌륭하기 때문에 자신에 대한 존경심에서 주는 것이라고 생각했다. 중학생들은 진급을 부탁하기 위해 교사를 찾아갔으며, 교사들은 학생들로부터 많은 돈을 받았다. 구(區) 징병사령관의 부인은 소집이 있을 때마다 신병들로부터 돈을 받기도 하고 접대를 받기도 했다. 한번은 그 부인이 자리에서 일어나지 못한 적도 있었다. 왜냐하면 심하게 취했기 때문이었다. 소집이 있을 때는 의사들도 뇌물을 받았다. 시의 의사와 수의사는 정육점이나 술집에 과세를 했으며, 군의학교에서는 세 단계로 나뉜 면세증을 매매하기까지 했다. 감독성직자도 성직자나 장로들로부터 뇌물을 받았다. 시청, 동사무소, 의사회와 그 외의 모든 관청에서 의뢰자는 모두 '감사의 뜻을 전할 필요가 있습니다!'라는 말을 듣게 된다. 그랬기 때문에 의뢰자들은 30코페이카나 40코페이카를 건네기 위해서 다시 돌아와야 했다. 뇌물을 받지 않는 사람들, 예를 들어서 재판소의 관리들은 오만해서 악수를 할 때도 두 손가락으로 했으며, 냉담함과 좁은 소견이라는 점에서는 타의 추종을 불허했고, 카드놀이를 즐겼으며, 많은 술을 마셨고, 돈 많은 여자와 결혼하여 의심할 여지도 없이 주위에 타락적이고 나쁜 영향을 주었다. 단 아가씨들에게서만은 청결함이 느껴졌다. 그녀들의 대다수는 높은 이상과 성실함, 깨끗한 마음을 가지고 있었지만 인생이라는 것을 이해하지 못했기 때문에, 마음이 고결한 사람에 대한 경의의 표시로 사람들이 선물을 하는 것이라 믿고 있었다. 그녀들도 일단 시집을 가면, 얼마 지나지 않아서 늙고 천박해져서 속악한 소시민적 생활의 진흙탕 속으로 어쩔 수 없이 빠져 들게 되는 것이었다.

(나의 생활)

도스토옙스키

세상에는 종종 진리를 입에 담기 위해서 일반적인 의견을 너무나도 가지고 있지 않은 사람이 있는 법입니다.

(이중인격)

그는 틀림없이 나보다 실제적이다. 하지만 그렇다고 해서 나보다 현실적인가 하면, 그것은 조금 생각해봐야 할 문제이다. 자신의 코앞 정도밖에 보지 못하는 현실주의는, 가장 광기어린 공상벽보다도 오히려 위험하다. 왜냐하면 그것은 맹목적이기 때문이다.

(미성년)

톨스토이

인간은 누구나 자애심을 가지고 있다. 그리고 인간이 하는 모든 행동은 자애심에서 그 원인을 찾아볼 수 있다.

(인생의 길)

질문 - 바쁠 때는 무엇을 하는 것이 가장 좋을까?
대답 - 아무것도 하지 않는 것이다.

(인생의 길)

야수나 위험에 직면해서 육체적인 흥분에 휩싸인 사람은, 오직 일정한 목적만을 염두에 두고, 당황하지 않고, 소란을 피우지도 않고, 정확하게, 단 1분도 허비하지 않도록 행동하는 법이다.

(크로이체르 소나타)

체호프

형리가 되기보다는 희생자가 되는 편이 더 낫다.

(형 알렉산드르 앞)

내게 불쾌함을 주는 사람 ― 내기를 좋아하는 유태인, 급진적인 소러시아 사람, 주정뱅이 독일인.

(수첩)

노년의 중요성, 노년의 심술궂은 성향. 나는 경멸받아 마땅한 노인을 얼마나 많이 알고 있는지!

(수첩)

도스토옙스키

여러분 세상에는 말입니다, 길을 돌아가는 것을 싫어해서 가장무도회 때에만 가면을 쓰는 사람이 있는 법입니다. 인간의 참된 사명은 마룻바닥을 구두로 능숙하게 문지르는 데 있다고는 생각지 않는 사람이 있습니다. 또한 세상에는, 여러분, 예를 들어서 자신에게 꼭 맞는 바지를 입었을 때, 아아 나는 행복하다, 참으로 만족스러운 생활이다, 라고는 절대로 말하지 않는 사람도 있습니다.

(이중인격)

톨스토이

인간이 의무를 수행하는 것을 방해할 수 있는 병은 없다. 노동으로 봉사할 수 없다면, 웃으며 견디는 본보기를 보임으로 해서 사람들에게 봉사하면 된다.

(인생의 길)

인간의 생활은, 아침에 일어나서 밤에 잠자리에 들기까지의 행위의 연속이다. 인간은 매일, 자신이 할 수 있는 온갖 행위 중에서 자신이 해야 할 것을 끊임없이 선택해야만 한다. 천국 생활의 신비를 설명하는 바리새파의 가르침도, 세계와 인간의 기원을 연구하여 미래의 운명에 대한 결론을 주는 학자들의 가르침도 모두 그러한 행위에 대한 지침을 주지는 않는다. 따라서 인간은 자기 행위의 선택에 일정한 지침을 가지고 있지 않으면 살아갈 수가 없다. 그렇기 때문에 인간은 어쩔 수 없이 이성의 판단에서 떠나 인류 개개의 사회에 지금까지 언제나 존재해 왔던, 그리고 지금도 존재하고 있는 생활의 외적 지침에 따르게 되는 것이다.

(인생론)

체호프

케이스에 들어간 남자. 덧신을 신고, 우산을 커버에 넣고, 시계도 케이스에 넣고, 칼도 칼집에 넣었다. 관 속으로 들어갈 때 빙그레 웃은 듯한 느낌이 들었다. —자신의 이상을 발견한 것이다.

(수첩)

경찰청에서 근무하는 사람이 고향으로 돌아간다. 덧신을 신고 있으며 바지를 부츠 안으로 접어 넣지 않았다(즉, 단정한 차림). 가족들은 그가 출세했다며 기뻐한다. 그런데 그는 한 남자에게 시선을 주며 자꾸만 걱정을 한다. '저 남자의 셔츠는 훔친 물건이다!' 그의 생각대로였다!

(수첩)

도스토옙스키

    세상에는 눈부시게 아름다울 정도로 교언영색적인 외모 뒤에 마음속의 독을 숨긴 채, 이웃을 속이기 위해 덫을 만들어 용서받을 수 없는 사기행위에 그 지혜를 악용하고, 그것 때문에 증거가 남는 펜과 종이의 사용을 두려워하면서도, 동시에 그 문필적 재능을 이웃과 조국의 이익을 위해서 쓰지 않고 자신과 여러 사업을 획책해서 온갖 종류의 협정을 맺은 사람들의 이성을 어지럽게 하고 그것을 마비시키는 데 이용하는 사람이 얼마나 많은지요!

(아홉 통의 편지로 이루어진 소설)

톨스토이

그것이 어떤 행위라 할지라도 나의 행위는 곧 전부 잊혀질 것이며, 나라는 존재도 완전히 소멸해버릴 것이다. 그런데 어째서 아등바등하는 것일까? 인간은 어떻게 이 사실을 모르는 척 살아갈 수 있는 것일까? 참으로 놀라운 일 아닌가? 그렇다 우리가 살아갈 수 있는 것은 이 세상의 삶에 취해 있을 동안뿐이다. 그러나 그와 같은 도취에서 깨어난 순간부터 그것이 하나부터 열까지 기만이자 어리석기 짝이 없는 미망(迷妄)에 지나지 않는다는 사실을 인정하지 않을 수 없는 것이다! 즉, 이런 의미에서 보자면 이 세상의 인생에는 재미있는 것도 우스운 것도 무엇 하나 없는 것이다. 그저 잔혹하고 어리석은 것일 뿐이다.

(참회)

체호프

어떤 벽이든 무너뜨릴 수 없는 벽은 없는 법인데도 제가 알고 있는 한, 현대 로망스의 주인공들은 너무나도 소심하고, 기운이 없고, 게으르고, 의심이 너무 많으며, 자신은 실패한 사람이라는 생각과 너무 쉽게 타협하고, 인생에 속았다고 착각해서 싸우는 대신에 비판만을 해대고, 세상을 저속하다고 말해서 그러한 비판 자체가 조금씩 저속해져 간다는 사실을 잊고 있는 것입니다.

(어떤 부인의 말)

도스토옙스키

이렇게 실러적 아름다운 마음을 가진 사람은 언제나 이 모양이라니까. 마지막 순간까지 상대 모습을 공작의 깃털로 장식하고, 마지막의 마지막까지 좋은 일만 기대하며, 좋지 않은 일은 생각해보려고도 하지 않아. 게다가 메달에 뒷면이 있다는 사실을 예감하고 있으면서도 그 어떤 일이 있어도 진실한 말을 자신의 마음에 미리 들려주려고는 하지 않아. 그런 건 생각하기만 해도 두려운 거야. 그리고 자신이 장식해준 사람이 나서서 자신을 우롱하기 직전까지도 두 손으로 열심히 사실을 부정하려 하는 법이야.

(죄와 벌)

톨스토이

우리 행위의 결과는 전부 우리가 알 수 없는 것이다. 왜냐하면 우리 행위의 결과는 전부 무한한 세계와 무한한 시간 속에 있는 것으로 그것 역시 무한하기 때문이다.

(인생의 길)

인생에서 가장 중요한 사업은 사랑이다. 그러나 과거에서도 미래에서도 사랑은 불가능한 것이다. 사랑이 가능한 것은 현재뿐, 현재 오직 지금 이 순간뿐이다.

(인생의 길)

최선의 형태로 자신의 생애를 보내고 싶다면, 그 모든 생활은 현재에만 있다는 사실을 깊이 새겨 두고 현재의 모든 순간에 최선의 형태로 행동을 하도록 노력해야만 한다.

(인생의 길)

체호프

제 의견으로 교양인은 다음의 조건들을 모두 갖추고 있어야만 합니다.

(1) 교양인은 인간의 인격을 존중합니다. 그렇기 때문에 언제나 겸허하고, 부드럽고, 정중하고, 겸손합니다. 교양인은 망치나 잃어버린 지우개 때문에 소란을 피우지 않으며 (형 니콜라이가 집안에서 소동을 부리는 것을 비난한 말. 이하의 비난은 전부 충고의 뜻을 담고 있다), 누군가와 동거하게 되어도 그것으로 은혜를 베푼다고는 생각지 않으며, 헤어질 때에도 당신과는 함께 살 수 없다고는 말하지 않습니다. 그들은 소란스러움도, 추위도, 너무 많이 구운 고기도, 비아냥거림도, 제삼자와 함께 사는 것도 전부 받아들이는 법입니다.

(2) 교양인은 거지나 고양이에게만 동정심을 품는 게 아닙니다. 그들은 평범한 눈으로는 보지 못하는 것에 대해서도 마음 아파합니다. 예를 들자면 부모님이 탄식 끝에 백발이 되었다거나, 사랑하는 아들 표도르가 좀처럼 얼굴

을 보이지 않아(보인다 해도 술에 취한 얼굴일 뿐) 밤에도 잠을 이루지 못한다는 사실을 알면 단숨에 달려 갈 것입니다. 그리고 보드카 같은 것에는 침을 뱉을 겁니다. 부모님이 잠들지 못하는 것은 폴레바에프(형 니콜라이의 친구)의 원조 때문도, 학생인 어떤 동생들의 학비 때문도, 어머니의 옷을 사기 위한 돈 때문도 아닌 것입니다.

(3) 교양인은 다른 사람의 재산을 존중합니다. 따라서 돈을 빌리지 않습니다.

(4) 교양인은 마음이 깨끗하며 거짓말을 불처럼 두려워합니다. 그들은 사소한 일에도 거짓말을 하지 않습니다. 듣는 사람에게 있어서 거짓말은 더할 나위 없는 실례가 되며, 상대방의 눈앞에서 그 사람의 품성을 저열하게 만드는 것입니다. 교양인은 거만하게 행동하지 않으며, 밖에서도 집에 있을 때와 마찬가지로 행동하고 적은 무리들의 눈조차도 속이려 하지 않습니다. …… 그들은 수다를 떨지도 않으며, 묻지도 않은 것을 미주알고주알 떠들어대지도 않습니다. …… 타인의 귀를 존중해서 대부분의 경우 침묵을 지킵니다.

(5) 교양인은 다른 사람의 동정을 사기 위해서 자신을 낮추지 않습니다. 다른 사람을 한숨짓게 하거나, 타인의

보살핌을 받기 위해서 상대방의 마음을 흔들어 동정을 사려고는 하지 않습니다. 그들은 "나를 이해하지 못한다."거나 "나는 싸구려 일에 억척스럽게 매달려 있다!"거나 "나는……"이라고 말하지 않는 법입니다. 그런 것들은 뻔한 효과를 바라는 저열하고 낡은 거짓말이기도 하기 때문입니다.

(6) 교양인은 아득바득하지 않습니다. 이름 있는 사람과의 교제나 주정뱅이 프레바코(모스크바의 변호사, 1843~1908)와의 악수, 살롱에서 만난 사람들과의 교감, 술집에서의 명성 등과 같은 헛된 영광에 마음을 빼앗기지 않습니다. …… 그들은 '나는 신문, 잡지계의 대표다!'라고 말하는 로드제베크(저널리스트)나 레벤베르그(싸구려 기자)에게나 어울릴 것 같은 문구를 비웃습니다. 그들은 싸구려 일을 하고 있으면서 100루블이나 하는 서류철을 가지고 다니는 짓은 하지 않으며, 관계자만 들어갈 수 있는 장소에 들어갔다고 해서 거드름을 피우지도 않습니다. …… 참된 재능은 언제나 화려한 곳에서 떨어진 그늘에, 대중 속에 있는 법입니다. 크릐로프(우화작가. 1768~1844)조차도 텅 빈 술통보다는 가득 찬 술통이 더 좋은 소리를 낸다고 말했습니다.

(7) 만약 그들에게 재능이 있다면 그들은 그것을 존중합니다. 그들은 재능을 위해서라면 안온함도 여자도 술도 허

영심도 희생하는 법입니다. 그들은 자신의 재능을 자랑스럽게 생각합니다. 그렇습니다, 그들은 평범한 학교의 관리인이나 스크보르초르초프의 손님들과 함께 술을 마시며 취하지 않습니다. 그들과 함께 살아가는 것이 아니라 그러한 무리에게 감화를 주어야 할 사명이 있다는 사실을 그들은 의식하고 있기 때문입니다. …… 그리고 그들은 결벽합니다. ……

(8) 교양인은 마음속에 미학을 기릅니다. 그들은 옷을 입은 채 잠자리에 들거나, 벽에 빈대가 있는 구멍을 찾아내거나, 더러운 공기를 마시거나, 침으로 지저분한 바닥을 걷거나, 석유통을 식기 대신 사용하지 않는 법입니다.

그들은 성적 본능을 애써 억제하며 그것을 고상한 것으로 만들려고 노력합니다. 그들이 여성들에게 바라는 것은 침대도, 말과 같은 땀도, 거짓 임신을 만들어내는 지혜도, 지칠 줄 모르고 거짓말을 하는 지혜도 아닙니다. …… 그들, 특히 예술가들에게는 여성의 신선함, 우아함, 인간성이 필요한 것이며 [……]가 될 능력이 아니라 어머니가 될 능력이 필요한 것입니다. ……

그들은 돌아다니며 보드카를 들이붓지 않습니다. 찬장의 냄새를 맡으며 돌아다니지도 않습니다. 왜냐하면 그들은 자기가 돼지가 아니라는 사실을 알고 있기 때문입니다. 그들이 술을 마시는 것은 한가한 때나 [……]할 때뿐입니다.

왜냐하면 그들에게 필요한 것은 건강한 신체에 깃든 건전
한 정신이기 때문입니다.

(형 니콜라이[20] 앞)

---

20) 니콜라이 체호프(1859~1889). 화가, 체호프의 둘째 형.
   체호프 형제들은 모두 예술적인 재능이 풍부했다. 큰형인 알렉산
   드르와 동생 미하일도 작가였으며, 둘째 형인 니콜라이와 여동생
   마리아는 그림을 잘 그렸다. 특히 니콜라이의 재능에는 천재적인
   면이 있었지만 보잘것없는 여자와 동거하고, 술과 방탕함으로 나
   날을 보냈기 때문에 빈곤과 부채 속에서 폐병을 얻어 29세에 세상
   을 떠났다. 체호프의 형제들은, 예술의 세계에서도 재능만으로는
   안 되며 결국에는 의지가 모든 것을 결정하는 법이라는 사실을
   잘 보여줬다.
   형 니콜라이의 재능을 아깝게 여긴 체호프가 이 편지를 보내
   진심으로 마음을 다잡으라고 충고했지만 결국에는 헛수고가 되
   어버리고 말았다. 이 편지에 다음과 같은 글도 보인다. 「형님은
   곧잘 '나를 이해하지 못한다!'며 불평을 하십니다. 괴테나 뉴턴조
   차도 그런 불평은 하지 않았습니다. …… 그리스도만은 그런 말씀
   을 하셨지만 그것은 자신의 '자아'에 대해서 한 말이 아니라 자신
   의 교의에 대해서 한 말입니다. …… 형님도 잘 알고 계실 겁니다.
   …… 만약 형님 자신이 스스로를 이해하지 못한다면…… 그것은
   다른 사람들의 책임이 아니라…….

도스토옙스키

공상가란 말입니다―혹시 자세한 정의가 필요하다면 말씀드리겠습니다만― 그건 인간이 아니라, 아시겠습니까? 중성적인 일종의 존재입니다. 그들은 주로 어딘가 사람이 다가가기 어려운 구석에 들러붙어서 마치 한낮의 광선조차도 피하듯 거기에 몸을 숨기고 있습니다. 그리고 거기에 일단 들어가버리면 달팽이처럼 자신의 집에 꼭 들러붙어버립니다. 그런 점에서 달팽이가 아니라면, 적어도 그 놀라운 동물, 동물이면서 동시에 집이기도 한 그 거북이라 불리는 동물과 매우 비슷합니다. 당신은 어떻게 생각하십니까? 그들은 어째서 그 사방의 벽이, 으레 녹색으로 칠해져 있고 빛이 바래서 쓸쓸하고 보기에도 처참하게 담배 연기에 절어 있는 벽이 그렇게도 좋은 걸까요? 어째서 이 우스운 신사는 얼마 되지 않는 지인 가운데 누군가가 찾아오면(결국은 그 지인도 전부 사라지고 말지만), 어째서 그 우스운 사내는 매우 당황해서 얼굴빛까지 바뀌고 완전히 평정심을 잃는 걸까요? 마치 지금 막 이 사각형의 벽 안에서 범죄라도 저질렀거나, 위조지폐라도 만들고 있었거나, 그도 아니면 이 시의 지은이는 이미 죽고 없지만 유고를 발표하는 것은 친구로서 신성한 의무라 생각한다고 적혀 있는 익명의 편지를 덧붙여 잡지에 보내기 위해 묘한 시라도 쓰고 있기라도 했던 것처럼 당황을 하니까요.

(백야)

톨스토이

    과거를 떠올리거나 미래를 상상하는 능력이 우리에게 주어진 것은, 그에 대한 고찰로 현재의 행위를 보다 정확하게 결정하기 위해서이지, 결코 과거를 애석해하거나 미래를 준비하게 하기 위해서가 아니다.

(인생의 길)

    내일 일은 걱정하지 않는 편이 낫다. 하지만 내일 일을 걱정하지 않기 위한 방법은 오직 하나뿐이다. 그것은 다름 아니라 현재의, 지금의, 이 시간의, 이 순간의 자기 일을 자신은 과연 올바르게 행하고 있는지, 끊임없이 그것만을 생각하는 것이다.

(인생의 길)

체호프

선량한 사람은 개 앞에서도 부끄러움을 느끼는 경우가
종종 있다.

(수첩)

선량하고 현명한 사람이라면 갈 곳은 얼마든지 있습니
다.

(왕진 중에 생긴 일)

남편에 대해서 이야기할 마음은 없어요. 이미 익숙해져
있으니까요. 문관들 중에는 대체로 거칠고, 무뚝뚝하고, 교
양 없는 사람들이 많아요. 거친 사람들을 보면 전 속이 끓어
올라요. 남편의 동료인 선생 양반들과 함께 자리를 할 때면
지옥의 고통을 맛보는 듯한 느낌이에요.

(세 자매)

도스토옙스키

　세상에는 가장 특색 있고 그 성격을 잘 나타내는 풍격을 이야기해서, 그는 이런 사람이라고 단 한마디로 그 전모를 떠올릴 수 있게 묘사할 수 없는 사람이 있다. 그는 보통 '특별히 말할 것이 없는' 사람이거나, '대다수'라는 이름으로 불리는 사람으로 사실상 모든 사회의 절대다수를 구성하고 있는 사람들이다. 작가는 그 소설이나 이야기에서 대부분은 사회의 어떤 유형을 포착하려 노력하고 그것을 생생하게 예술적으로 드러나게 한다. 현실에서 그런 유형이 그대로의 형태로 눈에 띄는 것은 극히 드문 일이고, 또 대부분의 경우 그 현실보다도 훨씬 더 현실적인 법이다. ……그야 그렇다 쳐도, 그럼에도 역시 우리 앞에는 하나의 의문이 남는다. 그렇다면 소설가는 이처럼 어디서나 흔히 볼 수 있는, 그야말로 '특별히 말할 것이 없는' 사람들을 어떻게 다루어야 할까, 하다못해 조금이나마 흥미로운 것으로 만들기 위해서는 이런 사람들을 독자 앞에 어떻게 표현하면 좋을까, 하는 의문이다. 이야기 속에서 그들을 전혀 다루지 않고 그냥 지나친다는 것은 절대로 있을 수 없는 일이다. 어디서나 흔히 볼 수 있는 사람들이란 언제나,

그리고 대부분의 경우 이 세상에서 일어나는 일들의 연계에 있어서 없어서는 안 될 사슬의 한 고리이며, 따라서 그들을 다루지 않고 그냥 지나친다는 것은 진실성을 훼손하는 일이 되기 때문이다. 특징 있는 인물이나, 혹은 오로지 흥미만을 위해서 이 세상에 존재할 것 같지도 않은 인물로만 소설을 채우는 것은 진실 되지도 못하며, 또 아마 틀림없이 재미도 없을 것이다. 우리의 생각에 의하면 작가라는 것은 어디서나 흔히 볼 수 있는 일들 속에서도 흥미롭고, 또 교훈적인 그림자를 극력 탐구해야만 한다. 예를 들어서 흔히 볼 수 있는 어떤 인물의 본질이 다름 아닌 그 일상생활 속의 변함없는 평범함 가운데 포함되어 있는 경우, 혹은 그런 인물이 어떻게 해서든 그 평범한 생활이나 오랜 생활의 속박에서 벗어나기 위해 커다란 노력을 기울이고 있음에도 불구하고 여전히 조금도 변화가 없고 결국에는 구태의연한 채로 끝나버리는 경우는 더더욱, 이러한 인물은 그 인물 나름대로의 특징이라고까지 할 수 있는 것을 가지고 있는 셈이다. 그것은 곧, 무슨 일이 있어도 타고난 그대로의 자신으로 있고 싶지는 않지만, 자주독립의 소질 따위는 약에 쓰려 해도 찾아볼 수 없으면서 어떻게 해서든 독창적이고 자주적인 사람이 되려고 하는 하나의 범용성인 것이다.

(백치)

톨스토이

만약 잃어버린 시간은 영원히 되찾을 수 없다는 사실, 한 번 행한 악은 영원히 되돌릴 수 없다는 사실을 인간들이 좀 더 자주 상기했다면 우리는 좀 더 많은 선을 행하고 좀 더 적은 악밖에 행하지 않았을 것임에 틀림없다.

(인생의 길)

만약 여러분이 지금 좋은 일을 할 수 있다면 그것을 결코 뒤로 미루어서는 안 된다. 왜냐하면 여러분이 해야만 할 일을 했는지 하지 않았는지 죽음은 결코 생각해주지 않기 때문이다. 진정으로 죽음은 어떤 사람도, 또한 어떤 일도 기다려 주지 않는다. 따라서 이 세상에서 우리에게 가장 중요한 것은 지금 이 순간 그 사람이 행하고 있는 일이다.

(인생의 길)

체호프

참된 교양이란 식탁보에 소스를 흘리지 않는 것이 아니라, 어떤 다른 사람이 흘려도 모르는 척하는 것을 말한다.

(수첩)

모든 사람들이 필요할 때에 침묵을 지키고 적당한 때에 떠나는 법을 알고 있다고는 말할 수 없다. 흔히 볼 수 있는 일이지만 상류의 교육을 받은 사람이나 정치가들 중에조차 자신들의 동석이, 이미 상당히 지쳐버렸으며 마음이 부산한 주인들의 마음에 미움과도 같은 기분을 불러일으키고 있다는 사실이나, 그 기분을 감추려고 열심히 거짓으로 위장하고 있다는 사실을 깨닫지 못하는 사람도 있다.

(수첩)

도스토옙스키

인간이 그렇게 행동한 원인은 보통 우리가 늘 나중에 그것을 설명하는 것보다는 훨씬 더 복잡하고 변화무쌍한 법이며, 또 분명하게 단정 지을 수 있는 경우는 매우 드물다는 사실을 잊어서는 안 된다.

(백치)

모든 것은 인간의 손 안에 쥐어져 있어. 그럼에도 불구하고 사람들은 언제나 눈앞으로 그냥 지나쳐버리게 하지. 그 이유는 단 한 가지, 겁쟁이이기 때문이야. ……이건 이미 공리(公理)라고 해도 좋을 사실이야. ……그런데 사람이 가장 두려워하고 있는 것은 무엇일까? 새로운 첫 걸음, 자기 자신의 새로운 말, 이것을 무엇보다도 두려워하고 있어.

(죄와 벌)

톨스토이

　미래의 일을 걱정해서는 안 된다. 오직 지금 현재, 이 순간에 자신과 타인의 생활을 기쁜 것으로 만들도록 노력해야 한다. '내일 일은 내일이 염려할 것이요.'라는 말은 위대한 진리다. 미래를 위해서 무엇을 해야 하는지 결코 알 수 없기 때문에 인생은 멋진 것이다. 무슨 일이 있어도 꼭 해야만 하는 것, 그리고 어떤 경우에도 해당되는 것이 꼭 한 가지 있다. 그것은 현재, 이 순간에 모든 사람들을 사랑하는 것이다.

(인생의 길)

체호프

   이 세상에서 교양 있고 청결한 사람들만이 흥미롭고, 또한 필요한 법입니다. 그런 사람들이 많아지면 많아질수록 신의 왕국이 지상에 임하는 것도 빨라지는 법입니다. 그렇게 되면 이 마을도 완전히 파괴되어 모든 것이 뒤엎어지고, 마법에 걸린 것처럼 모든 것이 변하게 될 것입니다. 그렇게 되면 여기에 크고 장려한 집이 세워지고, 멋진 공원과 진귀한 분수가 생기고, 뛰어난 사람들이 살게 될 것입니다. …… 하지만 중요한 점은 거기에 있는 것이 아니라 그렇게 되면 우리가 말하는 의미에서의 현재의 속된 군중, 이 악이 사라질 것이라는 점에 있습니다. 왜냐하면 한 사람 한 사람이 믿음을 갖게 되고, 한 사람 한 사람이 무엇을 위해서 살고 있는지를 알게 되고, 속인들 속에서 기댈 곳을 구하는 사람이 하나도 남지 않게 될 것이기 때문입니다.

(약혼자)

도스토옙스키

격하게 흥분해서 이성을 잃은 사람이 극단으로까지 치달으면 더는 그 무엇도 두려워하지 않고 어떤 추태까지 보일지 알 수 없는 일이다. 아니, 뿐만 아니라 그것이 오히려 기뻐지는, 더없이 파렴치하고 노골적인 기분이 드는 단계가 있는 법이다. 상대가 누구든 가리지 않고 달려드는데, 그때 1분 후에는 반드시 종루에서라도 당장 뛰어내려, 가령 어떤 다툼이라도 일어나면 단번에 그것을 해결해버리겠다는, 분명하지는 않지만 굳은 계획을 품게 되는 법이다. 일반적으로 다가오는 육체적 힘의 쇠약이 그러한 상태의 전조가 된다.

(백치)

톨스토이

'지금의 나는 아직 준비가 되지 않았기 때문에 내 양심이 요구하는 일, 즉 내가 해야 할 일을 일시적으로 미룰 수밖에 없다.'고 사람들은 스스로에게 말한다. '지금의 나는 아직 준비 중이다. 하지만 언젠가 시기가 찾아오면 그때야말로 나는 내 양심의 요구에 부합하는 새로운 생활을 개시할 것이다.'

이와 같은 경우 우리는 현실의 생활, 즉 진실 된 유일한 생활에서 멀어지며, 미래라는 것은 우리의 지배하에 없음에도 불구하고 그것을 미래로 연기한다. 거기에 이와 같은 판단의 기만성이 있는 것이다.

이와 같은 과오에 빠지고 싶지 않다면 우리는 분명히 이해하고 깊이 새겨두어야 한다. 우리에게 그런 준비를 할 여유 같은 건 없다. 우리는 이 현재의 순간에서 최선의 생활을 해야만 한다. 우리에게 필요한 완성은, 사랑이라는 분야에서의 완성뿐으로 그 완성은 현재에서만 성취할 수 있는 것이다. 우리는 이것을 분명히 이해하고 깊이 새겨두어야만 한다. 따라서 우리는 우리의 이 세상에서의 사명을 완전히 수행하기 위해서 우리의 일을 내일로 미루지 말고 매

순간 자신의 전력을 쏟아 부으며 살아가야만 한다. 우리의
유일한 이 사명만이 우리에게 참된 행복을 부여할 수 있는
것이다. 우리는 매 순간 이 사명을 다할 수 있는 가능성을
빼앗길지도 모른다는 사실을 통감하면서, 언제나 거기에
몰두하는 기분으로 살아가야만 한다.

(인생의 길)

체호프

* 도스토옙스키

그(도스토옙스키)는 의심할 여지도 없이 커다란 재능을 가지고 있다. 하지만 때로 감각이 뒤떨어지는 경우가 있다.

(보르 라자레프스키『아 페 체호프, 개인적 인상』)

* 고리키

그(고리키)는 작가일 뿐만 아니라 시인이기도 하다. 대시인이다. …… 참으로 대단한 인간이다. 하지만 대부분의 사람들은 그 사실을 알지 못한다.

(보르 라자레프스키,『아 페 체호프, 개인적 인상』)

도스토옙스키

　무엇보다 지난 수천 년 동안의 역사를 통해서 인간이 단지 자기 자신의 이익을 위해서만 행동한 적이 과연 한 번이라도 있었을까? 인간은 아주 잘 알고 있으면서도, 그러니까 자신에게 진짜 이익이 되는 것을 완전히 알고 있으면서도 그런 것은 외면한 채, 그 무엇도 그 누구도 강요하지 않는데도 마치 주어진 길을 그저 얌전히 걷기는 싫다는 생각에 이끌려가듯 다른 길로, 위험을 향해, 잡을 수 있을지 없을지도 모를 요행을 향해 돌진해왔다. 그리고 무턱대고, 제멋대로, 거의 어둠 속에서 더듬거리는 듯한 모습으로 다른, 어려운, 무의미한 길을 개척해온 것이다.

(지하생활자의 수기)

톨스토이

"이다음에 크면 이런 일을 꼭 해내겠다."

"학교를 졸업하면, 결혼하면, 부자가 되면, 다른 곳으로 이사하면, 나이를 먹으면……, 이렇게 해보자."

어린이나 어른, 노인들도 곧잘 이런 말을 한다. 하지만 그들은 그 누구도 자신들이 그날 밤까지 살아 있을지 어떨지 알지 못한다.

이 모든 일들에 대해서 우리는 과연 자신이 그것을 이룰 수 있을지, 죽음이 방해를 하지 않을지 미리 알 수 없는 법이다.

죽음이 방해할 수 없는 일은 오직 한 가지밖에 없다. 그것은 생명이 있는 동안, 현재의 매순간에 신의 뜻을 수행하는 것, 즉 모든 사람들을 사랑하는 것, 그것뿐이다. 바로 이 한 가지 일만은 죽음이 결코 방해할 수 없는 것이다.

(인생의 길)

체호프

📖

*톨스토이

얼마 전 그를 만나고 왔습니다. 얼마나 흥미로운 인물이었는지요. 만약 그를 연구한다면 바닥없는 우물과도 같은 깊이를 느끼게 될 것입니다. …… 참으로 놀라운 정신력입니다! 그와 이야기를 나누고 있으면 그에게 완전히 사로잡힌 자신을 느끼게 됩니다. …… 저는 그처럼 매력 있고, 그처럼 조화로운 인간을 본 적이 없습니다. 그는 조화와 미, 그 자체입니다. 그의 매혹적인 정신구조 속에는 미완성의 선이나 세부가 조금도 남아 있지 않습니다. 거기에 있는 것은 전부 결정적인 것이며 극단적으로 정확하고 명료합니다. 이 사람은 거의 완벽하다고 해도 좋을 인간입니다. 근시안적인 비평가들은 그의 성격 속에 이중성이 있는 것처럼 말하며, 그의 속에 예술가와 철학가가 있어서 그 두 개가 서로 적대시하고 있는 것처럼 말합니다. 이 얼마나 우스운 논리입니까? 톨스토이는 예술창조에 있어서 철학자이며, 철학에 있어서 예술가입니다. …… 그 사람은 놀라울 정도로 완벽한 성격을 가지고 있습니다.

(페 아 시체치닌, 『역사시보(時報)』, 1911년, 3호)

도스토옙스키

　자신의 무력함과 미력함에 대한 인식에는 일정의 불명예스러운 한계가 있어서, 인간은 그 한계 이상으로는 단 한 걸음도 내딛지 못한다. 그 한계를 넘어서면 다름 아닌 그 불명예 속에서 참으로 커다란 만족을 느끼게 되는 법이다. ……하지만 물론 그런 의미에서는 체념도 역시 위대한 힘이다.

(백치)

톨스토이

국가라 불리는 것에 대한 미신은, 자기 스스로는 아무것도 하지 않으면서 안락한 생활을 탐닉하고 있는 소수의 인간이 '이마에 땀 흘리는' 노동에 종사하는 다수자를 지배하는 것은 필요 불가결한 것이자, 안녕·행복의 근원이라고 믿는 마음이다.

교회라 불리는 것에 대한 미신은, 세상 사람들에게 끊임없이 해명되고 있는 종교적 진리가 일생에 딱 한 번만 계시되는 법이며, 세상 사람들에게 참된 신앙을 가르칠 자격을 가진 어떤 특정한 사람들만이 평생에 단 한 번 계시되는 이 유일한 종교적 진리를 파악하고 있는 것이라는 그릇된 믿음을 갖는 마음이다.

과학이라 불리는 것에 대한 미신은, 모든 사람들의 생활에 있어서 필요 불가결한 유일하고 진실한 지식이 온갖 지식의 무한한 분야에서 우연히 선택된 여러 가지 지식─그 대부분이 인간의 삶에 없어서는 안 될 인간의 노동을 회피하는, 따라서 부도적하고 올바르지 못한 생활로 일관하고 있는 소수자의 주의를 일시적으로 끈 것에 지나지 않는, 불필요한 지식인데─, 그와 같은 하찮은 지식 속에만 존재한다는 그릇된 믿음을 갖는 마음이다.

우리를 온갖 미신, 혹은 그릇된 믿음으로 인도하는 것은 허위의 허용이다. 따라서 온갖 미신, 혹은 그릇된 믿음과 싸우기 위헤 우리에게 필요한 것은 진리에 반하는 행위, 말, 그리고 사상을 압박하려는 노력, 즉 진실로 일관하려는 노력이다.

(인생의 길)

체호프

톨스토이 주의 ―어쩌면 최고의 철학, 최대의 이타주의 일지도 모릅니다. 하지만 현실 생활에는 적용할 수 없습니다. 인간은, 모욕에 대해서는 모욕으로 응수할 수밖에 없습니다. 혹은 응수할 수밖에 없는 상황은 얼마든지 있습니다. 개인의 신성한 권리를 지키려는 투쟁은 분명히 어디에나 존재하며 만약 존재하지 않는다면, 그것은 비도덕이라고도 할 수 있습니다. ……

역사를 놓고 보시기 바랍니다. 역사는 피로 물들어 있지 않습니까? 역사는 여러 가지 운동으로 …… 그 피를 통해서 인류는 보다 나은 쪽으로 나아가는 법입니다. 거기에는 운명적으로 피할 수 없는 것이 있습니다. 투쟁하는 사람들은 그렇게 간단히 자신들의 권리를 넘겨주지는 않습니다.

(로엔그린, 『아 페 체호프』)

도스토옙스키

언제나 굴복하는 데에만 익숙해진 마음이 약한, 이렇다 할 것을 가지고 있지 못한 성격의 소유자에게는, 막상 미칠 듯한 분노에 휩싸여 반항하겠다고 결의한, 즉 간단히 말해서 어디까지나 강하고 단호한 인간이 되겠다고 결의한 경우에도 언제나 한계가 있는 법이다. 다시 말해서 그 강하고 철저한 태도도 곧 벽에 부딪치고 마는 것이다. 그들의 반항은 대체로 처음에는 힘에 넘친다. 너무 힘에 넘쳐서 이성을 잃어버리는 일까지 있다. 그들은 눈을 감은 채 앞뒤 가리지 않고 장애물을 향해 달려든다. 그리고 거의 대부분 자신의 힘으로는 견딜 수 없는 무거운 짐을 어깨에 짊어지게 된다. 그런데 어떤 일정한 점에 다다르면 그 정신이 이상해진 것 같았던 사람이, 마치 자기 자신에게 겁을 먹은 것처럼 갑자기 멍해져서 발걸음을 멈춘다. 그리고 '내가 무슨 짓을 한 거지.'라는 무시무시한 질문을 자신의 가슴에 던진다. 그러면 순간 맥이 풀려버려서 넋두리를 하기 시작하고, 해명하려 하고, 무릎 꿇고 상대방에게 용서를 빌고, 전부 없었던 일로 해달라고, 그것도 한시라도 빨리, 가능한 한 빨리 해달라고 애원하게 되는 법이다. (아저씨의 꿈)

톨스토이

  인간의 용모만큼 그 사람의 성품과 행실에 커다란 영향을 주는 것도 없다. 하지만 그것은 용모 자체에 관한 문제라기보다는 오히려 미추에 대한 그 사람의 확신에 관한 문제다.

(소년 시절)

  인간의 얼굴에 나타나는 아름다움이란 오로지 미소 속에만 있는 것이라고 나는 생각한다. 만약 미소에 의해서 얼굴에 매력이 더해진다면 그 얼굴은 멋진 얼굴이다. 만약 미소에도 변화하지 않는다면 그 얼굴은 평범한 얼굴이다. 만약 미소에 의해서 손상된다면 그 얼굴은 추한 얼굴이다.

(유년 시절)

체호프

* 졸라

오늘, 저는 슬픕니다. 졸라가 죽었습니다. 이것은 참으로 예상치도 못했던 일로 마치 착각 같습니다. 작가로서는 그다지 사랑하지 않지만, 드레퓌스 사건으로 시끄러웠던 만년의 이 사람을 인간으로서 높이 평가합니다[21].

(올리가 크니페르 체호바[22] 앞)

---

21) 드레퓌스 사건은 프랑스 군부 내의 안티세미티즘(유대인 배척운동)이 일으킨 날조된 사건으로 그 때문에 유대인 침모 장교인 드레퓌스가 누명을 쓰게 되었다. 졸라는 문학자적 양심 때문에 가만히 있지 못하고 펜과 혀로 프랑스 군부와 싸웠다. 마침 프랑스를 여행하고 있던 체호프는 졸라의 행동에 박수를 아끼지 않았다. 이 일 때문에 군부 편을 들던 오랜 친구 스보린과의 절교까지도 표명했다. 드레퓌스는 그 후 여론의 힘에 의해 다시 재판을 받아 복권했다.
22) 올리가 크니페르 체호바. 모스크바 예술극장의 여배우. 체호프의 아내.

도스토옙스키

인간의 겉모습이란 너무도 미덥지 못한 것입니다.

(백치)

누가 됐든 사람을 알려면 이상한 오해나 편견을 품지 않도록 서두르지 말고 주의 깊은 시선으로 봐야만 합니다. 그와 같은 선입견을 나중에 고치거나 없애기란 좀처럼 쉬운 일이 아니니까요.

(죄와 벌)

이건 나의 착각일지도 모르겠지만, 사람은 웃는 모습을 보면 성격을 알 수 있을 것 같다는 생각이 들어. 상대가 누구든 지금까지 전혀 알지 못했던 사람과 처음으로 얼굴을 마주했을 때 그 사람의 웃음소리가 기분 좋게 느껴지면 그 사람은 좋은 사람이라고 분명하게 단언할 수 있어.

(죽음의 집의 기록)

톨스토이

육체에만 꼭 맞는 옷을 입기보다, 양심에 꼭 맞는 옷을 입는 편이 낫다.

(인생의 길)

최면술의, 다시 말해서 인간의 정신 상태에 미치는 외부로부터의 작용에 대한 가장 강력한 감응방법 중 하나가 인간의 복장이다. 사람들은 이 사실을 잘 알고 있다. 바로 그렇기 때문에 수도원에는 수도복이 있고, 군대에는 군복이 있는 것이다.

(일기)

체호프

* 데카당 작가

지금은 모두가 멋진 글을 쓰게 되었기 때문에 수준이 떨어지는 작가는 하나도 없습니다. 따라서 무명작가에서 벗어나기가 더욱 어렵습니다. 이와 같은 계기를 만든 것이 누구인지 알고 계십니까? 모파상입니다. 그는 언어의 예술가로서 옛날 방식으로는 더 이상 글을 쓸 수 없을 만큼 커다란 요구를 제기했습니다. 지금 우리가 고전이라 부르는 것, 예를 들자면 피셈스키나 오스트로프스키를 다시 읽어 보시기 바랍니다. 아니, 읽으려고만 해도 그것이 얼마나 낡고 진부한 것인지 알게 될 것입니다. 반대로 우리 데카당 작가들의 작품을 읽어보시기 바랍니다. 그들은 단지 병에 걸린 척하거나 미치광이인 척하는 것에 지나지 않습니다. 그들은 모두 건강합니다. 하지만 쓰는 기술만은 뛰어납니다.

(쿠프린 『체호프 회상』)

도스토옙스키

📖

오늘, 12월 22일의 일입니다. 저희는 세묘노프 연대의 연병장으로 끌려 나갔습니다. 거기서 저희 모두는 사형선고문을 들었고, 십자가에 입을 맞춰야 했으며, 머리 위에서 군도가 부러졌고, 저희는 사형복(하얀 셔츠)을 입어야 했습니다. 그런 다음 세 사람이 사형의 집행을 받기 위해 기둥 옆에 세워졌습니다. 저는 그때 줄의 여섯 번째에 서 있었습니다. 한 번에 세 명씩 불러냈고, 따라서 저는 두 번째에 해당하니 남은 목숨은 1분 이상도 되지 않았습니다. 형님, 저는 형님을 비롯해서 형님의 가족 모두를 마음속에서 떠올렸습니다. 그러나 마지막 순간에 제 마음에 남은 것은 형님뿐, 오직 형님 한 사람뿐이었습니다. 그리고 그때 비로소, 그리운 형님, 제가 형님을 얼마나 사랑하는지를 깨달았습니다! 그런 다음 곁에 있던 플레시체예프와 두로프를 끌어안고 작별을 고할 시간이 아직 있었습니다. 그런데 곧 퇴각을 명령하는 큰북이 울리는가 싶더니 기둥에 묶여 있던 세 사람을 원래 자리로 돌려보내고, 황제폐하께서 저희에게 목숨을 내리셨다는 지령이 낭독되었습니다. 그런 다음 진짜 선고가 내려졌습니다. 오직 파리므만이 사면을 받았습니다. 그는 예전 그대로의 관등으로 부대에 복귀했습니다.

(형 미하일 앞)

톨스토이

깊은 강은 돌을 던져도 흐려지지 않는다. 인간도 마찬가지다. 모욕을 당했다고 벌컥 화를 내는 사람은 강이 아니라 웅덩이다.

(인생의 길)

영광에 대한 세상 사람들의 칭찬이나 존경, 박수갈채를 향한 인간의 동경만큼 인간을 오랫동안 자신의 지배하에 묶어 두고 인생의 의의와 참된 행복의 획득을 방해하는 유혹도 없을 것이다.

(인생의 길)

도스토옙스키

우리 페트라솁스키 당 사람들은 처형대 위에 서서 조금의 후회도 느끼지 않고 사형선고를 끝까지 들었다. 내가 전원의 마음을 증명할 수 없다는 사실에는 의문의 여지도 없다. 따라서 그때, 그 순간, 모든 사람들이라고는 말할 수 없지만, 적어도 우리의 절대다수가 틀림없이 자신의 신념을 부정하는 것을 수치로 여겼을 것이라고 말해도 그리 틀린 말은 아닐 것이라고 나는 생각한다. 이건 먼 옛날의 얘기다. 하지만 바로 그렇기 때문에 어쩌면 다음과 같은 의문도 가능한 것일지 모르겠다. 이처럼 고집스럽게 회개하려 들지 않는 태도는 과연 좋지 않은 성질의 소산에 지나지 않는 것일까? 정신적으로 발육이 완전하지 못한 난폭자가 하는 짓일까? 아니, 우리는 난폭자가 아니었다. 난폭자는커녕 어쩌면 불량하다고 일컬어질 만한 자조차도 아니었다. 우리가 미리 들었던 총살에 처한다는 사형선고는 멋이나 재미로 읽혀진 것이 아니었다. 거의 대부분의 피고는 그대로 집행될 것이라고 믿어 의심치 않았다. 그리고 죽음을 눈앞에 둔 끝도 없는 공포로 가득한 무시무시한 시간을 적어도 10분 동안은 견뎠을 것이다. 그 마지막 몇 분 동안에 우리 가운데 어떤 자는(나는 분명히 알고 있는데), 본능적으로 내성에 잠겨서 아직 꽃봉오리와도 같은 자신의 전 생애를 순간적으로 돌아보았으며, 어쩌면 일종의 죄스러운 행위에 대해서 후회를 했을지도 모른다(그것은 어떤 인간이라도 일생 동안 남몰래 양심의 한쪽 구석에 숨겨두고 있는 것과 같은 행위다). 그러나 우리가 그것 때문에 고발당한 사건, 우리의 정신을 지배하고 있던 그 사상, 그 생각은 우리에게 회오를 요구하지 않았던 것으로 여겨졌을 뿐만 아니라 오히려 그 덕분에 많은 죄를 용서받은 듯한, 어딘가 우리를 정화해준 수난처럼 느껴지기까지 했다! 그리고 그런 마음은 언제까지고 계속되었다. 오랜 세월 동안의 유형도 괴로움도 결국은 우리를 이기지 못했다. 이기지 못했을 뿐만 아니라 우리는 그 무엇에도 지지 않았으며, 또 우리의 신념은 의무를 수행했다는 의식으로 우리의 마음을 격려해줄 뿐이었다. 그래, 우리의 견해, 우리의 신념, 우리의 마음을 단번에 변화시킨 것은 그것과는 다른 무엇이었다(나는 물론 신념을 바꾸었다는 사실이 이미 세상에 알려진, 또한 그들 자신에 의해서 그것이 증명된 우리의 동료에 대해서만 이야기하는 것이다). 그 다른 무엇인가는 민중과의 직접적인 접촉이자, 공통으로 불행한 경우에 있는 그들과의 동포적 결합이자, 자신도 그들과 같은 인간이 되었다, 동등한 인간이 되었다, 아니 오히려 그들의 최저 단계에서 그들과 같이 되었다는 의식이었다.

다시 한 번 말하겠는데 이것은 그렇게 갑자기 일어난 것이 아니라 점점, 아주아주 오랜 세월에 걸쳐서 그렇게 된 것이다. 그것을 의식하는 것을 방해한 것은 프라이드도 아니었고 자존심도 아니었다. 그야 어찌됐든 어쩌면 나는 민중의 근원으로 돌아가 러시아인의 본질을 이해하고 국민 정신을 확인하는 데 누구보다도 가장 어려움을 느끼지 않았던 한 사람이었을지도 모른다.

(작가의 일기)

톨스토이

   욕을 먹었거나 모욕을 당했다면, 기뻐하라. 칭찬을 들었거나 추켜세워졌다면, 걱정하라.

(인생의 길)

   언제나 진실한 생활을 하는 사람은 다른 사람의 칭찬을 필요로 하지 않는다.

(인생의 길)

   칭찬이란 것은, 그저 인간의 감정에만 작용하는 것이 아니라 이성에까지도 강하게 작용하는 법이다.

(소년 시절)

도스토옙스키

"그쪽에서는 사형이 행해지나요?"

"네, 저는 프랑스에서 본 적이 있습니다. 리옹에서……."

"목을 매다나요?"

"아니요, 프랑스에서는 전부 목을 벱니다."

"어떻습니까? 울부짖나요?"

"천만에요! 정말 한순간입니다. 사람을 그 자리에 앉히면 이렇게 폭이 넓은 칼이, 기요틴이라는 기계장치에 의해서 털썩하고 기세 좋게 떨어집니다. 눈을 깜빡거릴 틈도 없이 목이 튕겨져 나갑니다. 거기에 이르기까지가 매우 어렵습니다. 판결문을 읽고 나면 여러 가지 준비가 행해지고, 묶이고, 단두대로 올려집니다. 이 장면이 무시무시합니다! 사람들이 모여듭니다. 그쪽에서는 여자가 구경하는 것을 싫어하기는 합니다만, 여자까지 몰려듭니다. ……죄인은 영리하고 두려움을 모르고 건장한 중년 남자였습니다. 레그로라는 이름이었습니다만. 그 사람이, ……단두대 위로 올라갔습니다. 그를 보니 울고 있었습니다, 백짓장처럼 하얀 얼굴을 하고. 이런 일이 있어도 괜찮은 걸까요? 이건 무시무시한 일 아닙니까? 안 그렇습니까, 누가 무섭다고

울겠습니까? 어린애라면 모르겠지만 지금까지 눈물을 흘려본 적조차 없었던 커다란 사내가, 45세나 된 커다란 사내가 무서움에 눈물을 흘리는 일이 있다니, 저는 생각지도 못했었습니다. 그 순간 그의 가슴속은 어땠을까요? 숨이 끊어질 듯 얼마나 굳었을까요? 혼에 대한 모욕입니다. 그외에 아무것도 아닙니다! '살인하지 말라'고 말씀하셨습니다. 그런데 그가 사람을 죽였다고 해서 그도 죽여야 하는 걸까요? 아니요, 그래서는 안 됩니다……."

"……그래도 목이 떨어질 때,"라고 그가 지적했다. "고통이 적다니 다행 아닙니까?"

"과연 그럴까요?"라고 공작이 열을 띠며 그 말을 받았다. "당신은 지금 그 점을 지적하셨습니다. 하지만 그것은 모두가 당신과 똑같이 생각하는 점입니다. 또한 그를 위해서 기계도 고안된 것입니다, 기요틴은. 하지만 그때 제게는 '하지만 어쩌면 이건 오히려 좋지 않은 일 아닐까?' 하는 하나의 생각이 문득 머릿속에 떠올랐습니다. ……한번 생각해보시기 바랍니다. 예를 들어서 고문이 있습니다. 이 경우는 괴로움과 상처 모두 육체적인 고통입니다. 그렇기 때문에 그러한 것들은 전부 정신적인 고통에서 시선을 돌리게 해줍니다. 거기서 죽음에 이르기까지는 오로지 상처 때문에만 괴로워합니다. 그러나 중요한, 가장 커다란 아픔은 아마도 상처 때문이 아니라, 아아, 1시간만 지나면, 다음에는 이제 30분만 지나면, 마침내는 겨우 30초만 지나면,

그리고 바로 지금, 지금 이 순간 혼이 몸에서 빠져나가 두 번 다시는 인간으로 있을 수 없다는 사실을, 더구나 그것이 더 이상 돌이킬 수 없는 일이라는 사실을 확실하게 알고 있다는 그 점에 있을 겁니다. 중요한 것은 이 확실하게, 라는 점입니다. 바로 그렇게 해서 머리를 칼날 바로 밑에 두고 그 칼날이 머리 위에서 슥 소리를 내는 것을 듣는 그 4분의 1초야 말로 무엇보다도 공포스러운 법입니다. ……사람을 죽였다고 해서 그 사람을 죽이는 것은, 그 원래의 죄와는 비교도 할 수 없을 만큼 커다란 형벌입니다. 판결문을 읽은 뒤 행하는 살인은 강도의 살인에 비하면 비교도 할 수 없을 만큼 끔찍한 짓입니다. 강도들이 죽이는, 숲속이나 어딘가에서 한밤중에 찔려 목숨을 잃는 사람은 반드시 그 마지막 순간까지 목숨을 건질 수 있다는 희망을 품는 법입니다. 벌써 목이 잘렸는데도 본인은 아직 희망을 품고 있어서 달아나거나 목숨을 비는 예가 아주 흔히 있습니다. 그런데 여기서는, 그런 마음을 품고 죽는 편이 10배나 더 편한 그 마지막 희망을 송두리째, 확실하게 빼앗아버립니다. 여기에는 판결이 있습니다. 그리고 확실하게 더는 도망칠 수 없다는 점에 온갖 무시무시한 괴로움이 있는 것입니다. 게다가 그보다 더 심한 괴로움은 이 세상에 없을 겁니다. 병사를 데리고 가서 전장의 대포 바로 앞에 세워놓고 그를 향해서 발사해보시기 바랍니다. 그래도 그는 여전히 한 줄기 희망을 품을 것입니다. 그런데 그 같은 병사를 향해서 판결문을 확실하게 읽어보시기 바랍니다. 그러면 그는 정신이 이상해지거나 울음을 터뜨리거나, 둘 중 하나일 겁니다. 인간의 천성은 이것을 발광하지 않고 견딜 수 있는 법이라고 도대체 누가 감히 말했을까요? 대체 무슨 이유로 이런 난폭하고 불필요하고 아무런 이유도 없는 모욕을 주는 걸까요? 하지만 어쩌면 판결문을 읽어 한동안 고통을 맛보게 한 뒤에, '이제 그만 가도 좋다. 너는 용서받았다.'며 풀어준 사람이 있을지도 모릅니다. 그런 사람이라면 들려줄 수 있을지도 모릅니다. 이와 같은 괴로움에 대해서, 또 이와 같은 공포에 대해서. 그리스도도 말씀하셨습니다. 그렇습니다, 인간을 그런 식으로 다루어서는 안 됩니다!"

(백치)

톨스토이

　　많은 책을 읽고 거기에 적혀 있는 것을 전부 믿기보다는 차라리 그 어떤 책도 읽지 않는 편이 낫다. 책을 한 권도 읽지 않는다 해도 인간은 현명해질 수 있다. 책에 적혀 있는 내용을 있는 그대로 믿어버린다면 인간은 바보가 될 수밖에 없다.

(인생의 길)

박선경

대학에서 국문학을 전공한 후, 잡지사 기자를 거쳐서 지금은 교직에 몸담고 있다. 아이들 교육에 힘쓰는 한편, 평소 관심을 가져왔던 문학에 대한 열정으로 양서 번역에 힘쓰고 있다. 번역서로는 『톨스토이의 위대한 인생』, 『간디 자서전』, 『하숙인』, 『유령서점』, 『세계 서스펜스 추리여행 1. 2』 등이 있다.

마음에 힘이 되는 러시아 문호들의 명언 600

1판 1쇄 인쇄 2018년 5월 5일
1판 1쇄 발행 2018년 5월 15일

지은이 체호프 / 톨스토이 / 도스토옙스키
옮긴이 박선경
펴낸이 박현석
펴낸곳 玄 人

등 록 제 2010-12호
주 소 서울시 도봉구 덕릉로 62길 13, 103-608호
전 화 010-2012-3751
팩 스 0505-977-3750
이메일 gensang@naver.com

ISBN 979-11-88152-25-4